JN031820

光文社文庫

天涯無限（てんがいむげん）

アルスラーン戦記⑯

田中芳樹（よしき）

光　文　社

目次

主要登場人物

アルスラーン……………パルス王国の若き国王(シャーオ)

ダリューン……………パルスの十六翼将。戦士のなかの戦士(マルダーンフ・マルダーン)

ナルサス……………パルスの十六翼将。宮廷画家にして軍師

ギーヴ……………パルスの十六翼将。あるときは巡検使(アムル)、あるときは旅の楽士

ファランギース……………パルスの十六翼将。女神官(カーヒーナ)にして巡検使(アムル)

エラム……………パルスの十六翼将。侍衛長(ケシュタク)。アルスラーンの近臣

メルレイン……………パルスの十六翼将。ゾット族。アルフリードの兄。

アルフリード……………パルスの十六翼将。メルレインの妹。いちおうゾット族の族長

イスファーン……………パルスの十六翼将。「狼に育てられし者(ファルハーディン)」と称される

クバード……………パルスの十六翼将。隻眼(せきがん)の偉丈夫(いじょうふ)

キシュワード……………パルスの十六翼将。「双刀将軍(ターヒール)」

ジャスワント……………パルスの十六翼将。シンドゥラ国出身

ドン・リカルド……………パルスの十六翼将。元ルシタニアの騎士。白鬼(パラフーダ)と呼ばれている

ジムサ……………パルスの十六翼将。トゥラーン国出身

グラーゼ……………パルスの十六翼将。海上商人

ザラーヴァント……パルスの十六翼将。元エクバターナ城司
トゥース……パルスの十六翼将。三人の妻をもつ
ルーシャン……パルスの宰相(フラマータール)
ラジェンドラ二世……シンドゥラ王国の国王(ラージャ)。自称「苦労王」
イルテリシュ……トゥラーンの王族。現在は「魔将軍(ガウマータン)」と称される
ヒルメス……パルス旧王家最後の生き残り。ミスル国で客将軍(アミーン)クシャーフルを名乗る
レイラ……銀の腕環(うでわ)を所持。魔酒により蛇王の眷属(けんぞく)に
パリザード……銀の腕環を所持。パルス出身の美女
フィトナ……銀の腕環を所持。孔雀姫(ターヴース)。ナバタイ王国からミスル国王に献上された娘
テュニプ……クシャーフルを追放し、ミスル国の覇権を握った男
ヌンガノ……ミスル国の宦官
ラヴァン……パルス人の商人
ギスカール……マルヤムの国王。かつてのルシタニア王弟
ザッハーク……蛇王
グルガーン……蛇王ザッハーク復活をもくろむ魔道士

第一章　使者と死者

I

シンドゥラ暦三二七年はパルス暦三二六年にあたるが、この年の二月初頭、シンドゥラ国王(ラージャ)ラジェンドラ二世は、隣国パルスから奇妙な客を迎えた。

パルスの誇る軍船「光の天使(マレケ・ヌール)」が海岸に着くと、あわただしい折衝がおこなわれ、国都ウライユールへと急使の一団が走った。

シンドゥラの二月は、爽涼(そうりょう)の季節である。王宮の主人、国王ラジェンドラは、午前中に国務を処理すると、午後は後宮(ハレム)にはいって、美女たちとくつろいでいたが、「パルスの国使来(きた)る」の報を受けて、気のすすまない表情をした。急使が持参した箱をあけさせて見て、その表情が一変する。

「何と、これは逆賊バリパダの首ではないか。いったいどういうことだ」

「ジャスワント卿が持参いたしました」

「国使とやらは、ジャスワントなのか」

「はい、さようで」

「わかった、とにかく謁見の間へとおせ」

「それが……」

「それが、何だ」

「ジャスワント卿も重傷を負っているようで……」

「何と」

ラジェンドラは礼服に着がえようとしていたが、裾を自分の足で踏みつけてしまい、みごとな恰好でころんでしまった。周囲の寵姫たちが、はなやかな笑声をたてる。ラジェンドラは笑顔を返しておいて、大いそぎで謁見の間へ飛んでいった。

「おう、ジャスワント、ひさしいの」

陽気な声は、途中からしぼんでしまった。国使として、片ひざをついて一礼したジャスワントは、正装の下、腹に布を巻いているようだが、服地が赤くにじんでいる。あきらかに、ジャスワントは重傷を負っていた。

「何があったのだ？　ああ、楽にしてよいぞ。アルスラーンがどうかしたのか」

「アルスラーン陛下はご壮健にあらせられます」

ジャスワントの説明がはじまった。

巨大な軍船「光の天使(マレケ・ヌール)」号に乗船してシンドゥラへおもむく者は、総隊長ジャスワント、船長ヨーファネス。

女性陣は、キシュワードの妻ナスリーン。故トゥースの妻であった三姉妹パトナ、クーラ、ユーリン。パラフーダの事実上の妻パリザード。女官のアイーシャ。キシュワード夫妻のもとにいるオフルール(こまかいの)。そして女官長以下、十名の「おばさん」女官。

男性陣としては、キシュワード夫妻の長男アイヤール。

最後にシンドゥラの将軍バリパダがいる。虜囚として故国に送還されるのである。

他に船員や兵士をあわせて、合計二百八十名が、「光の天使(マレケ・ヌール)」号に乗船した。

この二百八十名のなかに、当然はいっていそうでいなかったのが、ファランギースである。彼女は、アルスラーンが最初に提案したシンドゥラ行きを、礼儀ただしく、同時にあっさりと辞退した。

「シンドゥラにおもむいて、ラジェンドラ王と交渉するのはジャスワント卿。彼(か)の国に着いてから女性がたをとりまとめるのは、ナスリーンどの。すぐれた指導者がふたりもおいでなれば、わたしは無用でございます」

アルスラーンは、うなずかざるを得なかった。じつのところ、ファランギースの本心はアルスラーンには読めている。

蛇王ザッハークとの決着を目前にひかえて、アルスラーンは、身近な立場の女性たちを、一時シンドゥラに避難させることにしたのであった。「身近な者だけをひいきしてはなりませぬ」と、生前のナルサスはアルスラーンをいましめていたが、アルスラーンは考えた末に、あえてナルサスのいましめを破ったのである。

ナルサスの死後、アルスラーンはときおり放心状態で考えこんでいることがあった。ジャスワントに指示を下している途中でも、こう意味不明のことをつぶやいた。

「なぜ子どもがいないのか……」

「は？」

「あ、ああ、何でもない。ちょっと、べつのことを考えていただけだ、すまなかった」

アルスラーンは翳(かげ)りのある微笑を浮かべた。

ナルサスとアルフリードの遺体は、王都エクバターナに運ばれ、夫婦用の柩(ひつぎ)におさまって葬られた。過去の四人、ジムサ、トゥース、グラーゼ、ザラーヴァントとおなじ墓地である。一月末の国葬で、全員に万騎長(マルズバーン)の地位が贈られ、さらにナルサスには終身宮廷画家、アルフリードには万騎長夫人の称号が授与されている。

「ジャスワント」

「はっ」

「よけいなことは、しゃべらなくてよい。だが、ラジェンドラ王から問われたことには、真実を答えてくれ」

「御意」

応えたあと、ジャスワントは問いかけた。

「おそれながら、陛下、それはナルサス卿の逝去もふくめてのことですか」

「もちろん、それもふくめてだ」

「で、ですが、それを、ラジェンドラ王にお報せしてもよろしいのですか」

「問われれば、だ」

アルスラーンの返答には底がある。ジャスワントはかたずをのんだ。

「当方はあくまでも真実を語る。それを信じるかどうかは、ラジェンドラどのの一存」

ナルサスゆずりの策略と、アルスラーン自身の為人が融合すると、このような結論になるのであろう。せめてあと三年、宮廷画家どのが生きていてくれたら——ジャスワントはそう思わずにいられなかった。

大なり小なり、ナルサスの死に衝撃を受けなかった者はいない。パルスの政戦両略は、ナルサスが謀画し、アルスラーンが決断し、ダリューンらが実行する、という形で順調にすすんできたのだから。その形がくずれたのである。今回のシンドゥラ行きに関して、アルスラーンがはじめてナスリーンを招いたとき。

「キシュワード夫人ナスリーンどの、女性たちの統率を、あなたにお願いしたい」

キシュワード夫人は、あやうく、愛するわが児（こ）を腕からとりおとしそうになった。アルスラーンもあわてて手を差しのべる。

「おっと、あぶないあぶない」

「おそれいります、陛下の御手（みて）をわずらわせたこと、お恕（ゆる）しくださいませ」

「なに、私が悪いのだ。もうすこし、将来の大将軍（エーラーン）をたいせつにしなくてはな」

アルスラーンはアイヤールをひざの上にのせて、あらためてシンドゥラ行きを依頼した。

「ありがたいおおせでございます。なれど、わたしはキシュワードの妻と申すだけで、無官の身。女性を統率なさるのであれば、ファランギースさまのほうが……」

結局、ファランギースが辞退することになったのだが。

「ジャスワントには護送隊長もたのむ」

「私が、でございますか」

「そうだ。じつは、とらえてあるバリパダ将軍をシンドゥラに送還したい。どちらも重要な役目。ジャスワントにたのみたいのだ」

「は……」

忠実なジャスワントが、めずらしく即答しなかった。いよいよ蛇王ザッハークとの決戦をひかえて、アルスラーンの傍を離れたくなかったのである。

「当然そうであろうな。だが、行先がシンドゥラとあっては、私はジャスワントをもっとも頼りにしている。一刻も早く、シンドゥラでの任をすませて帰って来てくれぬか」

アルスラーンが頭をさげそうになったので、臣下たるジャスワントはあわてて勅命にしたがったのだった。

シンドゥラへの陸路は使えない。ジャスワントの一行はギランへと南下し、そこから船で目的地へ向かうことになった。キシュワードは妻子との別れを、ややそっけなくすませた。自分の妻子だけを安全な場所へ避難させるのに、気がとがめたのである。

他の船と競走しているわけではないが、ジャスワントはヨーファネスを急かせてやまなかった。一日でも一刻でも早く、勅命をはたしてパルスへ帰りたかったのである。まだか、まだ着かないか、と、一刻ごとに問いかけてくる。

ヨーファネスは、だれが見てものんびり屋ではなかったが、さすがに閉口した。内心、ジャスワントがかつてのトゥースのように船酔いしておとなしくしていてくれないか、と思うことがあった。

シンドゥラの猛将バリパダは、檻のなかに閉じこめられたままだった。檻は、虎をいれておくだけの広さがあり、敷物もしかれ、食事も粗末ではなかったが、バリパダの怒りとあせりはつのるばかりだった。無事にシンドゥラに着いたら、叛逆者として死刑が待っているのである。

「おのれ、ジャスワントめ、目にもの見せてくれるぞ」

いかにバリパダが強悍であっても、二百八十人の船員や兵士を鏖殺するのは不可能である。その後、ひとりでこの大船をあやつることもできない。バリパダがたくらんだのは、パルス人の女性か幼児を人質にして船を乗っとることであった。これなら、かならずしも不可能ではない。だが、きまじめなジャスワントのもと、監視はきびしく、檻は頑丈であった。

「私が立ちあっていないかぎり、けっして檻の戸を開けてはならぬ」

ジャスワントはそう命じ、食事のときにも半月刀を腰にして立ちあった。バリパダは手も足も出ない。

出ないはずだった。

ジャスワントが舳先のちかくで、ヨーファネスと、航路や日程について話しあっていたとき、いきなり騒ぎがおこった。

「檻のなかのシンドゥラ人が血を吐きました！」

あわてて船員が駆けつけると、バリパダが口から血を流して苦悶している。ジャスワントとヨーファネスは船首で議論の最中だったので、狼狽した兵士は、反射的に檻を開けてしまった。バリパダは唇を噛(か)み切って血を口まわりになすりつけていたのである。

II

檻から躍り出たバリパダは、足技のひと突きで兵士を蹴(け)り倒すと、その半月刀をうばった。ひと声、殺意と復讐(ふくしゅう)の雄叫(おたけ)びをあげると、バリパダは、駆け寄ってきた兵士の斬撃(ざんげき)をはね返し、手首をひるがえす。

青い海を背景に、兵士の首が音をたてて甲板上に落ちる。兵士と船員をあわせ、武器をとって闘える者は二百名近く。故グラーゼの指導よろしく、少数者の叛乱に対するそなえはできていたが、バリパダの強剛は尋常ではない。事情を知ったジャスワントが駆けつけるまでに、七人もの男が斬り伏せられていた。

「バリパダ！」

「おう、ジャスワント」

バリパダは血笑(けっしょう)した。

「パルスの狗(いぬ)になりさがった裏切り者め。せめて、きさまだけは殺して、鱶(ふか)の餌にしてくれようぞ」

「戯言(ざれごと)はよして檻へもどれ。おとなしくシンドゥラへ帰って、国王陛下のお裁きを受けるのだ」

「きさまこそ、戯言はよせ！」

バリパダは、肩にまわした半月刀を、風を切ってジャスワントにたたきつけた。ジャスワントは身体(からだ)を開いて、猛撃を受け流す。

「光の天使(マレケ・ヌール)」号の広大な甲板上で、シンドゥラ人どうしの血闘が開始された。バリパダは長い檻のなかの生活で、足腰が重いように思われたが、ひとたび解き放たれると、たちまちシンドゥラ屈指の猛将たる面目(めんぼく)をとりもどした。

鋭く気合を発しながら、バリパダは半月刀を縦横に打ち振って、ジャスワントにせまる。両眼は血光を放ち、むき出しになった歯は牙に見えた。

ジャスワントは無言で自分の半月刀を抜き放った。船が揺れ、大きな波の頂点に立った瞬間、バリパダが甲板を蹴って宙へ跳(と)んだ。ジャスワントの脳天めがけて、まっこうから斬りおろす。ジャスワントは自分の半月刀で下から上へ弧を描いた。バリパダの両足首を切断する勢いだ。

ふたつの半月刀は、バリパダの両足の間で激突した。火花が両者の瞳を灼き、刃鳴りが海鳥の鳴き声を引き裂く。

同時に、ふたたび船が大きく揺れた。ジャスワントはつんのめってよろめき、バリパダは甲板に落下する。

受け身をとったバリパダは、さほどの衝撃も受けず、一転してはね起きたが、ことのついで、といわんばかりに、すぐ傍にいたパルスの船員の胸に半月刀の強烈なひと突きをくれた。船員は血と悲鳴を噴きあげて横転する。それに一瞥もくれず、疾風のようにバリパダは同胞におそいかかる。

ジャスワントは半月刀をひらめかせ、バリパダの猛撃を寸前ではね返した。火花と刃鳴り。両者の位置がいれかわる。

「バリパダ！　武器も持たぬ船員を殺すとは、矜りを忘れたか」

「パルスの狗がえらそうに咆えおるわ。怒ったなら仇をとってやればどうだ」

「いや、きさまは生きたまま、檻にはいってラジェンドラ王の裁きを受けるのだ」

「ほう、おれを生かすか。では、おれはきさまを殺してやる！」

二本の半月刀はふたたび衝突した。五合、十合、三十合――揺れる船上の闘いは、双方に気まぐれな優位と劣位をもたらした。一度は、甲板に着地しそこねたバリパダが、大きくよろめいて、あわや片ひざをつくところだった。

ジャスワントはバリパダの不利などを斟酌(しんしゃく)すべきではなかった。容赦なく一刀で刺し殺すべきであった。だが、このとき、一瞬の記憶が彼を迷わせた。

ジャスワント自身が、かつてパルス軍の捕虜であったとき、公正にあつかわれたことを思い出す。一歩しりぞいて、バリパダが立ち直るのを許してしまった。バリパダのほうは寛容も余裕もなく、死にものぐるいで、全身をジャスワントにたたきつけた。

「わあああ、ジャスワント卿……！」

ヨーファネスが文字どおり跳びあがった。

たがいの右手首を左手でつかみ、右手に半月刀をにぎったふたりのシンドゥラ人は、ひとかたまりとなって舷側をこえ、海のなかへと落ちていったのである。

青い海が白い波のなかに、ふたりのシンドゥラ人武将をのみこんだ。甲板上のパルス人たちは、あわてて舷側に顔をならべた。

「小舟をおろす用意をしろ！」

ヨーファネスがどなる。

すぐ小舟をおろさせなかったのには、それなりの理由がある。うっかり小舟と波の動きが連動すると、海中の人間が小舟に頭や身体を激突させてしまう恐れがあるのだ。

「ジャスワント卿は泳げるのか⁉」

「さ、さあ……」

「たぶん泳げるとは思いますが……」

たしかなことは、だれも知らなかった。すこし前に死去したトゥラーン人のジムサ将軍は、草原児で、水に近づくことさえいやがった。シンドゥラ人のジャスワントが泳ぐ姿も、女性たちはだれも見たことがなかったが、こちらの場合は事情がちがう。

「あっ、頭が出てきました！」

ユーリンが叫んだ。彼女の指さす波間に、パルス人たちの視線が集中する。波間にぽっかりと頭が浮かんだ。歓声があがりかけたが、「光の天使」号の反対方向を向いていたので、ジャスワントかバリパダかわからない。

波のただなかで、シンドゥラ人の頭がもうひとつ、激しく揺動しつつ浮かんできた。こちらがジャスワントだった。

故トゥースの二番めの妻クーラが、弓をつかみ、矢をつがえた。バリパダの頭をねらったが、船が揺れ、足もとがさだまらない。

「うかつに射てはいけない、クーラ！」

パトナが妹を制した。

「わたしたちの技倆は、ファランギースさまにおよばぬ。もし射損じたら、ジャスワント卿に傷を負わせてしまいます」

クーラはすこしためらったが、残念そうに弓をおろした。

揺動する船上から、波にもまれて浮き沈みするバリパダを矢で射殺す。たしかに、ファランギースやギーヴの神技でなければ不可能な業であった。メルレインでさえ、外すかもしれない。

「ジャスワント卿、負けないで！」

弓矢のかわりに、声で応援するしかなかった。波が渦まくなか、半月刀をつかんだ手が海上に突き出されたが、どちらの手かわからない。

「あああッ……！」

船上から悲鳴があがる。海面にあらわれた顔は、バリパダのものであったからだ。ジャスワントは、海中で死体となったのか。

「いや、ジャスワント卿は、あんなやつに、やられたりはせん！」

ヨーファネスは叫んだが、根拠があるわけではない。

バリパダは、にやりと笑ったように見えた。だが、すぐに表情が消え、顔につづいて上半身が浮かびあがってくる。胸の中央部が陽光をあびてきらめいた。それは深々と突き立てられた半月刀の刃であった。

海中の死闘で、ジャスワントはみごとにバリパダを討ちとったのだ。ついで、ジャスワントの頭が波の上に浮きあがる。

「おお、ジャスワント卿はご無事だ。よかった、小舟だ、すぐ小舟をおろせ！」

ヨーファネスの命令は、すぐ実行された。波の妨害を受けながら、ジャスワントを救いあげる。ついでバリパダの死体も引きあげられた。

「ジャスワント卿、ご無事で何より」

「バリパダは……どうなった？」

「死にました」

と、ヨーファネスの声には歎きも傷みもない。ジャスワントは腹をおさえていたが、そのあたりと、おさえる手が赤く染まっている。ジャスワントは、歎いた。

「陛下のご命令を守れなかった。バリパダは生かしておかねばならなかったのに……」

「しようがないことでさ。それより早く治療を！」

さすがにバリパダは勇猛で、一方的にジャスワントに殺されたわけではなかったのだ。

彼は首と胴を切断され、首は塩づけにされて、胴体は海へ投げこまれたのである……。

説明を終えると、ジャスワントは、アルスラーンの国書をラジェンドラに渡した。

Ⅲ

国書を読み終えると同時に、ラジェンドラは、うめいた。

「ジャスワント……！」

「伏して願いたてまつります、陛下」

傷口が開いたのか、ジャスワントの腹の包帯に浮かびあがった赤い染みが、みるみる拡大していく。それは死の地図に見えた。

「ええい、医者はまだ来んのか。死んでから来ても……」

はっとしてラジェンドラは口をおさえた。

「いや、不吉なことをいうところであった。案ずるな、刻がたてば、かならずなおる。ところで、キシュワード夫人どの」

「ナスリーンと申します」

「まこと、ご苦労でござった」

それにしても、国書の内容だが、ラジェンドラにとっては、驚天動地といってよいほどのものであって、三回も読みかえしたものである。さらにジャスワントとナスリーンから話を聴き終えると、さすがにラジェンドラも考えこんでしまった。いかに決断すべきか、利害だけ考えても、容易に答えは出てこない。

「アルスラーンの要請をことわり、この者たち全員を捕虜とするか。しかし、それでどんな得がある？　不信と怨（うら）みを買うばかりではないか」

そう思うなら、アルスラーンの国書を容（い）れればよいのだが、内容が問題であった。シンドゥラ国内に八十五ヵ所あるパルス人名義の芸香（ヘンルーダ）の農園に、パルス人を受け容れてほしい、というのである。ラジェンドラにしてみれば、八十五ヵ所もの農園を、パルス人に乗っとられてしまうようなものであった。

ラジェンドラの思考を、亡きナルサスについで知っているのは、ジャスワントである。

「陛下、何とぞ私の生命（いのち）のありますうちに、ご返事を……」

一言ごとにジャスワントの声から血が逃げ出していくようである。

ラジェンドラはうなった。

ジャスワントが壮健であれば、引きとめておいて、いくらでも返答を引きのばせばよい。その間に状況が変わることもあろう。だが、ジャスワントがこれほどの重態とあれば、一刻も早く返答する必要がある。

さして長い時間ではなかったが、ラジェンドラの迷いは、もつれた糸のように解けなかった。

「ジャスワントよ、パルスはいま、どのような状況にあるのだ」

「ミスル軍とマルヤム軍に攻めこまれて、苦境にあります」

アルスラーンの指示にしたがって、ジャスワントは正直に答えた。もっとも、すでにミスル軍は撃退してしまったが。

「土地の取引きは、すべて合法的におこなわれております。これらの証書が、そのあかしでございます」

「うーむ……」

ラジェンドラはうなった。芸香の輸出に関しては、気がついた彼だが、土地にまでは気がまわらなかった。小麦や米の産地なら思いついたかもしれないが、芸香を産地ごとパルス人が買いしめているとは思わなかったのだ。

「芸香の農園が合計八十五ヵ所……これをすべてパルスによこせというのか」

「よこせ、などとそのような……」

ジャスワントの声と表情が、苦痛にゆがむ。死力をつくして、彼は態度をととのえ、礼節を守った。

「ただ、その地に、パルス人が居住することを、お許しいただきたいのでございます」

「許したら、どうする？」

「もちろん、一刻も早くパルスへもどって、国王陛下にご報告いたす所存にて……」

「ジャスワントよ、おぬし、その傷でパルスへ帰ると申すか」

「はい、陛下のご返答を、王都へ持ち帰らねばなりませぬ」

「むちゃを申すな。その傷で航海に耐えられるものか。二、三ヵ月は病床を離れられるものではないぞ。おお、そうだ、専用の医師をつけるから、完治するまでゆっくり養生するがよい」

「ありがたきおおせ。されど、まず、ご返答をいただきたく、ぜひにお願い申しあげます る」

ジャスワントがわずかに身動きすると、血が床にしたたり落ちる。ラジェンドラは追いつめられた気分になった。

彼は左後方をかえりみた。かつてガーデーヴィの妻であったサリーマが、しとやかにひかえている。ラジェンドラは彼女と三月に婚約し、五月には正式に王妃にするつもりであったが、まだ一般に公表してはいなかった。ゆえに、現在のサリーマの資格は、シンドゥラ史上はじめての、女性の国王顧問であった。

ラジェンドラの視線を受けて、サリーマは膝行し、国王の知りたがっていることをささやいた。

「ジャスワント卿のいうとおり、いずれの書類にも不備はございません。八十五ヵ所の芸香園が、パルス人の所有地になっております」

「とりけすわけにはいかんか」

「代金も支払われておりますし、一方的にとりけせば、シンドゥラ国の信用にかかわりましょう」

サリーマが明言する。

ラジェンドラは左を見、右を向き、天井をにらんだあげく、ついに両手をあげた。

「えい、わかった！　おれの負けだ。八十五ヵ所の芸香園、すべてそなたらの所有を認めよう。ただし、パルスに持っていくことは許さんぞ」

いやみのひとつもいってやらないと、気がすまない。ナスリーンは微笑して一礼した。

「心よりご厚意を謝したてまつりまする」

一方、ジャスワントも微笑しようとしたが、できず、きまじめに応じた。

「これで、私めの任務は終わりました。ラジェンドラ陛下の公正さに、心より御礼申しあげます」

「ああ、おれは公正な男さ。だれよりも、おれ自身が知っとるわ」

ふてくされたようにいうと、ラジェンドラは下を向いた。

「何とかいったらどうだ、ジャスワント」

「……」

「おい、ジャスワント、おい」

ラジェンドラの声がうわずった。

「陛下、医者を！」

サリーマの声は、おちついてはいるが鋭い。

「うむ、そうだ、まだ来んのか、何をしとる！」

ラジェンドラは侍従にどなり、彼があわてて飛んでいくのを見とどけると、またジャスワントに目を向けた。

「すぐ医者が来る。しっかりせい。おれが謀殺したなどと思われては、かなわんからな」

いってから、めずらしくラジェンドラは反省した。出来の悪すぎる冗談であった。

「かたじけなく存じあげます。さっそくパルスへ帰還し、ラジェンドラ陛下とサリーマさまのご厚意を……」

それが限界であった。

ジャスワントの身体が、ぐらりと前方へかたむくと、床に突っ伏した。ナスリーンが蒼ざめた顔で、その背をさする。

「ジャスワント、おい、ジャスワント、しっかりせい！」

玉座を跳びおりて、ラジェンドラはジャスワントに駆け寄った。顔を持ちあげてみる。ジャスワントの顔に苦痛はなかったが、顔色はすでに死者のものであった。

「考えてみれば、こいつも、おれの幼なじみであったな……」

ラジェンドラ、サリーマ、ガーデーヴィの三人が遊んでいたとき、世襲宰相(ペーシュワー)マヘーンドラの命を受けて、菓子を運んできたり、あとかたづけをしたりするのがジャスワントであった。溜息(ためいき)をついて、サリーマが彼に菓子を分けてやったこともある。

「即位する前から、この男がほしかった……外側はこうして手にいれたが、中身はアルスラーンに持っていかれてしまったわ」

サリーマは、ラジェンドラを一瞥(いちべつ)すると、ジャスワントのもとへ歩みよった。床にひざをつき、やさしく額をなでてやる。

「……誠実なお人でございました。鄭重(ていちょう)に葬ってさしあげましょう」

「う、うむ」

サリーマの声に心情(きもち)がこもっていたので、ラジェンドラは、すこし複雑な気分であった。

Ⅳ

ジャスワントの遺体は、その日のうちに火葬に附され、遺灰は壺にいれてパルス人たちに渡された。悄然たるナスリーンの後姿を見送って、ラジェンドラは未来の王妃にささやいた。

「もし、もしだぞ、あのパルスの女たちを抑留したら、どうなるかな」

サリーマは冷静に答える。

「不義の王として千載に汚名を残すことになろうかと存じあげます」

「そ、そこまで……」

「アルスラーン王との同盟関係もさることながら、ジャスワントの死を賭けた願い。これに背けば、けっして、よいことはございますまい」

「う、うむ」

「逆に、約束を守れば、義人として名声を得ましょう。そもそも、守ったところで何の不利益もございませんものを、聡明をもってお鳴りあそばす陛下らしくないことを、おおせになりますな」

たくみなおだてが正論に加わって、ラジェンドラは、サリーマの意見にしたがったのである。

「ううむ、たしかに」

「待てよ、だとすると……」

ラジェンドラは、べつの欲を刺激されて考えた。

「チュルク軍ことごとくがパルスになだれこんでいるとすれば、チュルク本国は空になっているはずではないか!」

たちまち欲望の光が、ラジェンドラの両眼に、星となってきらめいた。チュルクを征服すれば、北方の脅威をとりのぞくことができる。大陸公路の支道を制圧することも可能だ。チュルク自体、山国ながら豊かな盆地や渓谷をいくつもかかえて、美味な獲物なのである。

バラ色の雲が脳内を一周したところで、ラジェンドラは冷静さをとりもどした。この「苦労王」は、けっして無能でも邪悪でもない。ただ、すこし欲と俗気が強いのである。その欲と俗気の部分で、パルスの諸将にきらわれているのだが、どうせナルサスの掌の上で踊っているのだから、というわけで、是認されてきたのである。

ラジェンドラはすっかりサリーマの見識に感服して、何かと政戦双方の相談を持ちかけた。

「では申しあげますけど、いまパルスに侵攻なさいますのは、危険な上に無益だと存じあげます。他国の動向もわからず、ペシャワールをおそった怪物たちの正体も不明、デマヴァント山の噴火もつづいており、兵をそこなうばかりかと心得まする」

サリーマの言葉は、ひとつひとつ理にかなっている。

「チュルクはどうかな?」

「おすすめいたしかねます。時季はいまだ二月、シンドゥラ兵にとっては寒気きびしく、何より山国のチュルクでは雪崩(なだれ)のおそれがございます。むだに兵士たちを死なせては、遺族たちの怨みを買いましょう」

そのような案配(あんばい)であったが、サリーマはパルスに対しては好意的であった。

翌日、サリーマはひそかにナスリーンに面会して告げた。

「あなたがたパルス人も、八十ヵ所以上に分かれて住むのでは、不便だし、心細くもおありでしょう」

サリーマの言は正確であり、ナスリーンも率直にうなずいた。

「そこで提案いたします。あなたがたが正当な権利をお持ちの土地の面積を合計し、まとめてあなたがたにお貸しいたしましょう」

「借用ですか、譲渡ではなくて」

「法的には、買収したパルス人の所有ですが、外国人の買収した土地も、いざとなれば国家によって代償なしに没収されるのが常。わたしどもは、名誉と友情をもって、九十九年間の租借を申しこみます」

ナスリーンは考えた末、サリーマの申しこみを受け容れた。芸香の生産に関しては、シンドゥラ人がおこなって、パルス人の居留地にまとめて送ることになった。書状をしたためてヨーファネスに託す。正直なところ、ラジェンドラより、サリーマのほうを信頼したのである。

ラジェンドラのほうはプラージャ将軍を呼び、三万の軍をいつでも動員できるよう準備しておくよう命じた。

「こころえてございます。ただ……」

「ただ、何だ？」

「出征先はいずこでございましょうか。チュルク、あるいはパルス？」

チュルクであれば山岳戦、パルスであれば平地戦の準備をととのえなければならない。そう思って問いかけたのだが、ラジェンドラの返答はいささか無責任であった。

「いまのところは、まだわからんな」

「は？」

「い、いや、チュルクを第一に考えよ。パルスは友好国、そなえておく必要はない」

もっとよくサリーマと相談する必要があるな。ラジェンドラはそう考えた。彼女と、杯や床をともにするのは嬉しいかぎりだが、今日の段階で、すでに「恐妻王」の名が目の奥にちらつくのであった。

ほどなく出港の日が来た。

ナスリーン以下の女性たちをシンドゥラにのこし、ジャスワントの遺灰をのせて、「光の天使」号はギランへ帰港の途についた。

あえて、ひとりの兵士も残さなかった。男でシンドゥラに残ったのは、アイヤールだけである。ラジェンドラとサリーマの約束を信じ、彼女たちの身をあずけたのだ。これはアルスラーンの指示であった。

「たとえ一万の兵を警護に残しても、シンドゥラ軍が二万を出してくれば、とうてい守りぬくことはできぬ。ラジェンドラどのを信用し、一兵も残すな」

お調子者と思われがちなヨーファネスも、ジャスワントの死を悼み、かつアルスラーンの哀しみを想像して、口数がすくない。ともかく、こうして、パルスとシンドゥラとの関係は、あたらしい段階にはいった。

V

シンドゥラにおいてラジェンドラとジャスワントが相対したときから、時をさかのぼること一ヵ月余。パルス暦三二六年一月。

パルスの大領主のひとりカーゼルンは、不愉快な新年を迎えていた。彼は富豪であり、同時に無為徒食(むいとしょく)の人物であって、女や酒や贅沢(ぜいたく)は人なみ以上に好きであり、一方、めんどうなことは大きらいであった。

領地がやや辺鄙(へんぴ)な場所に存在することもあって、この五、六年間、カーゼルンは政治的なこと、軍事的なことは何もしなかった。ルシタニア軍がパルスに侵攻してきたときも、息をひそめてやりすごし、王太子アルスラーンが正式に挙兵したときには、いやいや千人ばかりの歩兵を出して形をつけた。アルスラーンが奴隷制度廃止令を布告したときも、ぐずぐずと引きのばし、ついに解放王がたまりかねて千騎長パラザータを派遣するまで何もしなかった。廃止令にしたがったのも形だけで、あからさまな人身売買こそしないものの、もと奴隷たちの待遇は変えていない。

このような人物であったので、解放王アルスラーンの物語にもまるで登場する余地がなかったのだが、ついに三二六年に至って、のこのこと舞台に上がってきた――というより、背中と尻を押されて、ころがり出てきたのである。

カーゼルンは五十歳の肥満した男で、不健康に脂ぎっており、美食をむさぼりつつ、一日に百歩もあゆまず、酒のために顔色はどす黒かった。内臓のほとんどが、病気をかかえて発症寸前であった。

「カーゼルンなど、領地を没収してしまえ」

という意見は、むろん宮廷にあったが、アルスラーンは苦笑して放っておいた。もともと新王は「お甘い」といわれるほど寛大ではあったのだが、別の理由もあった。カーゼルンは不健康な上に子どもがなく、長生きするとも思えなかったから、

「そのうち死ぬだろう。死んだら領地を没収すればよい。無理をすることもない」

と、ナルサス流に考えていたのである。だいたいアルスラーンは荒廃した国土の再建にいそがしく、カーゼルンのことなどにかまってはいられなかった。

アルスラーンは十九歳。若く健康で、臣下も民衆も、「陛下の治世は、あと四、五十年」と、ごく自然にみなしていた。その間に、パルスは完全に再建されるばかりか、先王アンドラゴラス三世の御宇にまさる栄華を達成するであろう、と、人々は期待している。

少数の例外、そのひとりがカーゼルンであった。自分たちの特権をうばい、奴隷たちを解放したアルスラーンが、憎くてたまらない。かといって、謀叛(むほん)をおこす度胸も気力もなく、酒と女におぼれ、ごく少数の知人と、若い第十九代国王への蔭口(かげぐち)をたたくだけであった。

その夜は寒く、山間の城館には雪がちらついていたが、カーゼルンは上等の葡萄酒(ナビード)をあけ、炉であたたまった私室で、五人の美しい女奴隷とたわむれていた。

「うらやましい暮らしぶりだな、カーゼルン」

太く、重く、力感に満ちた声が揶揄(やゆ)した。その残響(ざんきょう)で押し倒されるか、と思われるほどの強い声。カーゼルンは一、二歩よろめいて、薄闇を見すかした。

「な、何を戯言(ざれごと)を。そもそも、わしを呼びすてする無礼者は誰ぞ」

よくまわらない舌で言い返しながら、カーゼルンは不安をおぼえはじめた。この声には聴きおぼえがある。いや、そもそも、声の主はどこにいるのだ。

「だれだ、出てまいれ」

カーゼルンがわめくと、女奴隷(オダリスク)たちが不安と不審の目を主人に向けた。カーゼルンは酒によろめく足を踏みしめて立ちあがる。

「ひゃあ」と、カーゼルンはなさけない声をあげた。

灯火の影から雄偉な人影があらわれたのである。

「こ、国王陛下、アンドラゴラス陛下……！」

「礼をいうぞ。おぼえていてくれたことに対してはな。だが、なれば臣下としてとるべき態度があろう」

カーゼルンは両手をついて平伏した。実際のところは、腰をぬかして、立っていられなくなったのだ。アンドラゴラス王は四年前に塔から墜ちて死に、王太子であったアルスラーンが登極した。それがパルスの公式の見解であり記録であるのに……。

カーゼルンは女たちを追い出し、慄えながら、死せる王の前にひざまずいた。

「予は死んではおらなんだ。アルスラーンめによって、死んだことにされ、これまで監禁されておったのよ」

「あ……え……か、監禁されておられたのでございますか」

「だから、そう申しておろう。何を聴いておったのだ」

カーゼルンの不体裁に対して、アンドラゴラスの声には、うんざりしたひびきがある。ここまで頼り甲斐がないとは、思っていなかったのである。

カーゼルンにしてみれば、アンドラゴラスが生きていた、というだけで精神活動が飽和してしまい、狼狽するのみであった。ましてや、真物のアンドラゴラスは死に、蛇王ザッハークがその身体を乗っとっているなど、想像を絶している。

「して、予をこのまま立たせておく所存か」

「と、とんでもない。こちらへ、どうぞ、こちらへ。すぐ酒と女を用意させます」

「ばか者、だれも呼ぶな」

「は、は、はい」

もともとカーゼルンは、アンドラゴラス王に軽視されていた。それが突然、彼の前にあらわれた理由を聴けば、アルスラーン王と戦うはめになってしまいそうな雲行きである。

「其方(そのほう)、どのていどの兵を動かせる?」

「へ、兵でございますか。い、一万ほどは……」

アンドラゴラス＝ザッハークは声こそ出さなかったが、見すかしたような目つきでカーゼルンをながめた。もう呑気(のんき)な日々はおしまいだ、と、カーゼルンも観念せざるをえない。なにしろ手兵(しゅへい)の数を問われたのだから、平和な話になるはずがなかった。

「へ、へ、陛下、このような辺地におみ足をお運びあそばされたのは、この近くで監禁されておいでだったので……?」

「そのような些事(さじ)、どうでもよいわ。其方には親族や知人がおろう?」

「は、はい」

「そやつらの動かせる兵を集めて、最大でどれほどになるか」

「ええと、四……いえ、五万は」

「五万か」

アンドラゴラス王は、いささか不満げに舌を鳴らした。

「まあ、五万あればよかろう。カーゼルンよ」

「は、はっ」

「可及的すみやかに、五万の兵を集めよ。そうしたら予は、その兵をもって名乗りをあげ、簒奪者たるアルスラーンを玉座から逐って殺す」

「………」

「むろん楽には殺さぬ。簒奪の大罪、生きたまま皮をはいでくれよう。其方には、よい席で見物させてやるぞ」

「は、はい……」

愚鈍に近いカーゼルンも、思わず身慄いせずにいられなかった。

それから三日ほどして、近隣の領主が二十名ほど、カーゼルンの城館に参集してきた。カーゼルンの親族、知人が主で、なかには彼からの借金を返せず、いやいや来訪した者もいた。夜間、秘密の集会であって、「何ごとだ」と思った者もいたが、深刻ではなかった。

怠け者で遊び好きで大食漢のカーゼルンが、だいそれたことをしでかすはずもなかったからである。そして彼らは、

「ア、アンドラゴラス陛下！」

そろって腰をぬかしかけたのであった。

「ほ、崩御（ほうぎょ）なされたはずでは……」

「ここにこうして生きておる。カーゼルンよ、説明してやるがよい」

そこでカーゼルンは一族や知人に向かい、事の次第（しだい）を説明しはじめた。むろん、アンドラゴラスこと蛇王ザッハークに聴かされた話である。だが、しどろもどろの声と言葉は、いっこうに説得力を持たず、領主たちの間に、かえって疑惑を招いたほどであった。

「まさか、カーゼルンのやつ、前王によく似た偽者をしたてて、アルスラーン王への謀叛をたくらんでいるのではあるまいな。しかし、この男に、そんな度胸も頭脳（あたま）もあるわけはなし……すると、これは真実の話か」

迷いに迷っていると、大声がとどろいた。

「そなたら、アルスラーンの治世に満足しておるのか」

領主たちが顔を見あわせると、アンドラゴラスは重厚な声でつづけた。

「たとえば奴隷制度廃止令、人身売買禁止令。これまで主人が奴隷を殺してもおとがめな

しですんだが、いまはそういかぬ。鞭でなぐることまで禁止されたではないか」

領主たちは、たしかに不満であったから、この言葉にはうなずいた。

「そなたらは、尊貴な生まれゆえ、おっとりしておるが……」

演説の声に皮肉がまじる。

「だが、このままいけば、カイ・ホスロー英雄王の血を引かぬ者が、資格もなく玉座にすわりつづけ、その下で、奴隷出身者が宰相となって、そなたらを圧迫するかもしれんぞ。先祖代々の領地を没収され、財産をとりあげられて、生きるために仕事をさせられるのだ。それでよいのか」

領主たちにとって、よいはずがなかった。ひとりが勇気をふりしぼって発言した。

「で、ではございますが、私どもにはたいした武力がございませぬ。兵も弱く……」

「予が指揮すれば、仔羊の群れも狼の集団になる」

アンドラゴラスは言い放った。「獅子王」と呼ばれるにたりる豪毅さである。その声には、領主たちの猜疑心を粉々にするだけの力があった。二十余人の領主たちは観念した。

「陛下にしたがい申しあげます」

「何とぞ簒奪者を逐って、ふたたび玉座におつきあそばしますよう」

「我ら、そろって忠誠をお誓いいたします」

もともと大なり小なり、奴隷制度廃止令に反感を抱いているし、英雄王カイ・ホスローの血を引かぬアルスラーンが登極したことに、釈然としていない。しだいに興奮してきて、口々にアンドラゴラス王をたたえ、アルスラーンをそしって妙に陽気になったほどだ。ただ、アンドラゴラスの背後にひかえるふたりの男が気になった。いかにもたけだけしいトゥラーン人らしい戦士と、暗灰色の衣をまとった美青年。後者が前者に語りかける。

「イルテリシュよ、殺して殺して殺しまくれ。そなたの豪勇は、陛下も嘉したもうところ。遠慮は無用ぞ」

「ははっ……！」

矜り高きトゥラーンの武人が、易々として美青年に一礼するのを、領主たちは奇異の目でながめた。

「しかし、ひとつだけ残念なことがござる」

「ほう、申してみよ」

「もし、この場に、アンドラゴラス王の御意にさからう者あらば、五体ばらばらにしてくれよう。そう思うておりましたが、そのような不埒者、ひとりもおりませなんだ。それがいささか、ものたりのうござる」

二十余人の領主たちは、魂の底から慄えあがった。思わず抱きあう者たちまでいるしまつだ。イルテリシュが本気になれば、領主たち全員の首と胴を斬り離すのに、百を算える時間も必要あるまい。

アンドラゴラス王が哄笑した。

「イルテリシュよ、そちの直刀は、アルスラーン一党のためにとっておけ。いま多少の血を見たところで、さして愉しゅうはないぞ」

領主たちは全員、アンドラゴラス王に賛成であった。

VI

暗灰色の衣をまとった人物が、深くかぶっていたフードをとると、かがやくような美貌があらわれた。青灰色の宝石のごとき目で弟子を見つめる。

「ひさしいの、グルガーンよ」

「あ、あ……尊師さま」

歓喜の声が、グルガーンの口からあふれ出る。

「再会をお待ちいたしておりました。なれど、いかにしてそのような奇蹟を……」

「蛇王ザッハークさまの秘術をもってすれば、いと易きこと。それ以上のことは、まだ、汝が知る必要はない」

「はい」

「それにしても、グルガーンよ、汝の他の六名は、いかがいたした。アルザングもガズダハムも姿が見えぬではないか」

「め、面目次第もございませぬ」

グルガーンは恐縮した。内心では、うかうかと死んでいった仲間をさげすんでいる。

「そう恐縮せずともよい。いずれアルスラーンの一党に害されたのであろう。未熟者どもの自業自得よ。それで生き残ったのは汝だけか、グルガーン」

「は、はい」

「汝もまだ修行が必要じゃな。だが、とにかく生き残って我を迎えたこと、ほめてつかわす。わが後継者となるのは、汝以外にない。いまのところはの」

最後の一言は、グルガーンの耳にはいらなかった。この自分が尊師の後継者となる！それはグルガーンの夢であったが、とうとう実現するのだ。グルガーンは歓喜の暴発を、必死にこらえた。

「じつをいうとの、アルスラーンの麾下におって、さんざん我らのじゃまをしてきた者どもを堕とそうか、とも思っておった」

「さようでございましたか」

「ことに、あのファランギースとやら申す女。絶世の美女よな。我の侍女として不足なしと思うた」

グルガーンの頬がひきつる。

「そ、尊師さま、あのファランギースなる女は、私めの兄の……」

「我には関係ない」

「……はい」

尊師は笑った。

「案ずるな。その考えは、とうにすてた。汝のますますの精進（しょうじん）をうながすため、申したまでじゃ。あの女は、そうよの、蛇王さまの女奴隷（オダリスク）として差しあげるとしよう」

すでにファランギースを手中にしたかのごとき口調である。

「我（われ）が変身してラヴァンと名乗り、ミスルにいたころは、フィトナという女を女奴隷の候補に、と思うたこともあるが、あれはいかん。蛇王さまの宮中を乱し、世を乱すであろう」

自分たちこそ世を乱し、さらに混沌（こんとん）におとしいれようとしている男の台詞（せりふ）とも思えない。

「……三百年以上待った。ようやくこの刻（とき）が来た。グルガーンよ、汝も苦労したであろうが、せいぜい十年かそこら。しかも汝の朋輩たちは、ことごとく非業の死をとげ、生きて蛇王さまにお目通りがかなうのは汝のみ。己れの幸福に感謝せよ」

「何よりも尊師さまのおみちびきでございます」

「ふふ、愛いことを申すやつよ。さあ、では我についてまいれ」

尊師が身をひるがえし、グルガーンはそれにしたがった。

その部屋にはアンドラゴラス王がいた。見たところ、両肩に蛇はいない。甲冑の下に隠しているのか。

「すでに存じおろうが、おそれ多くも、蛇王ザッハーク陛下にあらせられるぞ」

尊師の言葉を受けたグルガーンは、全身を慄わせた。それは使徒としての邪悪な歓びと、おなじほど強烈な恐怖とによるものであった。

「ひざまずけ、わが弟子よ、陛下はかたじけなくも、そなたに玉音をたまわりたもう」

グルガーンは床に平伏した。目に見えない重いものが両肩にのしかかり、呼吸が苦しくなるほどだ。

「其方がグルガーンか」

蛇王の声が、グルガーンの耳にとどろいた。顔をあげることもできず、冷たい汗が皮膚からあふれ出るのを感じるだけである。

「話は聴いておる。予のために、いろいろと働いてくれたそうな。いずれ、よき報いをくれてやろうぞ」

「グルガーン、直答を許すとおおせある。礼を申しあげよ」

尊師にうながされ、グルガーンは額を床にこすりつけた。

「お、おそれいりたてまつりまする……」

それ以上、声も出ない。何とか声を押し出そうとしたとき、部屋の隅から別人の声がひびいた。いならんだ領主たちのひとりがひきつった声で叫んだのだ。

「お、おれは帰る……！」

その男のほうに、アンドラゴラスは、わざとらしくゆっくり向きなおった。

「其方は何者か」

「シーンダードの領主コルカーン」

「なぜ、ことわる」

「アルスラーン陛下は、ルシタニア軍をパルスから追い出しあそばした。その功績は大きい。奴隷解放にしても……」

コルカーンの声は永久にとだえた。無言で腰の大剣を抜きはなったイルテリシュが、斬撃一閃、コルカーンの脳天から鎖骨まで斬りさげたのだ。

血の匂いが室内にまき散らされた。

アンドラゴラス王の姿をしたものは、イルテリシュにうなずいてみせて、ふたたび咆えた。

「予にしたがって、僭王アルスラーンを打倒せよ。其方らは、以前のごとき特権を回復し、あらたな利益を手にするのだ。全員、予のもとで、この世の幸福をことほげ！」

床に倒れたコルカーンの死体を踏みつける。

領主たちは今度こそ、一名の例外もなくひれ伏した。


パルス国第十九代国王アルスラーンが、一時滞在していたザーブル城から、王都エクバターナへ帰還したのは、おなじころであった。侵攻してきたミスル軍を大敗せしめ、国王と称していたテュニプを討ちとったまでは完璧であったが、あろうことか、マルヤム軍の奇襲を受けて、宮廷画家ナルサスと「妻」のアルフリードをうしなった。パルスの芸術にはともかく、政戦両略には大打撃であった。

「エクバターナへ退く」

アルスラーンが宣告すると、諸将は顔を見あわせた。彼らが、うすうす予想していたことではあったが。

「ザーブル城は放棄なさるとのおおせですか」

大将軍ダリューンが、念を押すように問いかける。兵力を分散させない、という点からすると、当然そうなる。ザーブル城はマルヤムとの交通の要地だが、そのマルヤムが攻撃してきたとあっては、死守する理由もなく、むしろ東のチュルクが危険な存在であった。

「チュルク、マルヤム、ミスル、三ヵ国の軍がエクバターナの前にあつまる。そのとき、彼らは協調して我々を攻撃してくるだろうか。それとも、他国の軍をあらたな敵とみなして、相争うだろうか」

アルスラーンは諸将を見わたした。

「私はそのありさまを、エクバターナの城壁の上から、諸君と見物したいと思う」

かつてエクバターナがルシタニア軍に陥されたのは、ヒルメスが秘密の通路を使ったからで、いまでは封鎖されてしまっている。

「陛下も存外、お人が悪くなられましたな」

ダリューンが笑った。つられるように、他の諸将も笑ったが、心底からの笑いは出てこない。もちろんナルサスが死んだからである。

「兵馬はむろんのこと、物資はことごとく運び出して、麦ひと粒ものこさぬよう」

「御意！」

諸将が声をそろえた。ただ、エラムがそれにつづけた。

「とらえたトゥラーン人、たしかブルハーンと申しましたが、あの者の処分は、いかがいたしますか」

諸将の視線が、エラムに集中する。ブルハーンはエラムの恩師ナルサスを殺したヒルメスの腹心で、みずからはアルフリードを殺したと告白していた。

「エクバターナにはメルレインがいる。彼の心情も知りたい。護送してくれ」

「かしこまりました」

エラムは、自分がナルサスの死から立ち直れることを知っていた。ただ、それには、気の遠くなるような期間が必要であることも、わかっていた。それにアルフリード。

「もっと仲よくしていればよかった……」

人の世ができて以来、何千万回もつぶやかれた台詞を、エラムもつぶやいた。

アルスラーンは無言で、エラムの肩に手をおいた。ふたりはともに、師父ともいうべき宮廷画家のおもかげを胸中に浮かべていた。

Ⅶ

つつがなくエクバターナにもどると、クバード、キシュワード、メルレインらが出迎えた。メルレインの表情は、噴火寸前に見えた。

宰相（フラマータール）ルーシャンはうやうやしくアルスラーンを迎えて礼をほどこした後、ミスル軍のなかに美女の戦士がいなかったか主君に問うたが、若い国王は苦笑して頭を振るばかりで、宰相を落胆させた。

「ブルハーンとやら」

アルスラーンは、虜囚に語りかけた。

「おぬしは偽善と思うかもしれぬが、私は、縛られた者が殺されるのを見たくない。望むなら、ここにいるだれかを選んで決闘してもよいぞ」

そうアルスラーンはいったが、いならぶ者はダリューン、クバード、キシュワード、ギーヴ、イスファーン、パラフーダ、メルレイン……ブルハーンより弱そうな者はひとりもいない。強（し）いていえば、アルスラーンの他に、女性のファランギースと年少のエラムが弱く見えるかもしれない。だが、そうではないことは、ブルハーンならずとも、戦士たる者にはわかる。

「陛下、私が決闘いたします！」

メルレインが烈しい表情で進み出た。

「こやつは妹の仇敵なれど、堂々と勝負して討ちとってごらんにいれます。ぜひとも、私にお命じくださいますよう」

こうなると他の諸将の出る幕はない。

「勝負といっても……」

キシュワードが小首をかしげた。

「彼は片足の腱を切られているぞ」

「勝負は公平にやる。おれは片方の足に鎖をつける」

諸将のうち、おそらくもっとも軽捷なメルレインが、みずからの長所を封じる、という。アルスラーンは制止できなかった。

「メルレイン卿のいうごとくせよ」

「ありがたきおおせ」

メルレインが一礼したので、ダリューンは兵士に命じて、四人用の鉄鎖を持ってこさせた。両手でつつむほどの大きさの鉄球がついている。生前、トゥースはこれを細縄のごとくあやつって、むらがる敵をなぎ倒したものだ。

決闘がおこなわれる場は、王宮の奥庭と決まった。百ガズ（一ガズは約一メートル）四方ほどの芝生の広場がある。アルスラーンの節約主義で、手入れはされていないが、殺しあいの場としては充分だった。

つれてこられたブルハーンが急に問うた。

「ジムサという男を知らぬか」

「ジムサ⁉」

パルスの諸将は唖然とした。思いもかけぬ名が、仇敵の口から出たのだ。

「お前はトゥラーン人だそうだが、ジムサ卿とは、どういう関係だ？」

キシュワードが問う。

「……弟だ」

「弟⁉」

「ジムサに弟がいたのか」

口数のすくないジムサは、家族のことについても、しゃべったことがない。「親父とおふくろがいた」と語ったことがあるぐらいで、これはあたりまえのことだ。

一方、メルレインは、いわずと知れたアルフリードの兄である。ジムサの弟がメルレインの妹を殺した。皮肉なことに、生前のジムサと、メルレインとの仲は、けっして悪くなかった。ふたりとも剽悍な掠奪者の資質を持ち、無愛想であった。

「ジムサ卿はパルスの将軍として死んだ」

ダリューンが告げると、ブルハーンは、はじかれたように顔をあげたが、すぐに下を向いた。下を向いたまま問う。

「どんな死にかただった？」

「勇猛果敢、トゥラーン人の誉であったよ」

キシュワードがいうと、メルレインが烈しく声をはさんだ。

「聴くことがもうなければ、兄に劣らぬだけの死をとげる準備をしろ。もし、きさまが勝ったら、自由の身にしてやる」

「メルレイン卿、かってに決めるな」

「いや、よい、キシュワード卿。メルレイン卿の好きにさせてやってくれ」

これはアルスラーンの、むしろ欠点である。アルフリードを殺したにもかかわらず、一方的な処刑をためらったのに、加えてブルハーンが、ジムサの弟と聞くと、果断さを欠いてしまうのだ。そうなることを見ぬいて、メルレインは、自分の手で始末をつける決心をしたのだろう。

奇怪な決闘が開始された。一方は妹とその夫の仇を討つために、もう一方はトゥラーン人の名誉をかけて、ともに片足をひきずりながら剣をとったのである。

最初にメルレインがしかけた。鉄甲も割れよ、といわんばかりに、斬撃を振りおろす。ブルハーンは刃鳴りも高く、それをはじき返した。すかさず逆撃に出る。今度はメルレインが手首をひるがえして胸もとで受け、払いのけた。ブルハーンの咽喉もとめざして突きこむ。

白い息を吐きながらの応酬は三十合をこえた。技や動きは互角に見えたが、剣勢の烈しさはメルレインが対手を圧倒した。ブルハーンの刺突を、メルレインが避けもせず、左の手甲で受けとめざま、返す一撃、ブルハーンの右肩に刃をたたきこんだとき、勝負はついた。

ブルハーンは叫ぼうとして、なぜか口を閉じた。苦痛に満ちた目に奇妙な表情が浮かぶ。口をかたく引きむすぶ。

「いかん、とめろ、舌を噛む気だ!」

クバードの声は一瞬だけおそかった。ブルハーンの口から赤黒い液体があふれ出る。ダリューンもキシュワードも、とめる暇がなかった。

「逃げたな、きさま!」

メルレインが激情の声を放った。血刀をひっさげたまま、ブルハーンの前に立つ。剣を振りかざし、振りおろす。一撃でブルハーンの首は、広場の芝生上に落下した。

メルレインは血染めの剣を地に突き刺すと、大きく息を吸って吐き出した。

アルスラーンは椅子から立ちあがり、メルレインにあゆみよって肩を抱いた。

「見とどけたぞ、メルレイン」

はじめてメルレインの目に涙がにじんだ。


ザーブル城から四ファルサング（一ファルサングは約五キロ）をへだてた西北方の山中には、五万の新マルヤム軍が陣を布いている。旧マルヤム人とルシタニア人との混成部隊で、国王ギスカールが親率している。

ひときわ大きく、最上質のフェルトでつくられたテントが、国王の大本営であった。会議用の座卓に書見台、書類の箱、灯火などがそろえてある。ごく簡素にしつらえてあるが、彼は七人の美姫をともなっており、彼女たちとくつろぐテントはべつにあった。

テントの主であるギスカールは、炉の火であたためられたテントに客を迎えていた。銀色の仮面をつけた甲冑姿の男である。他にひとつの人影があって、それは側近のオラベリアであった。テントの隅におとなしくひかえているが、それは彼の性格からくるのではなく、銀仮面の男が薄気味悪くてしかたがないからである。

ギスカールは茫然としていた。銀仮面の男ヒルメスから、とほうもない報告を受けたからである。

「あの軍師めを殺したと申すのか!?」

「そう申しておる」

ヒルメスは、そっけなく断言した。ギスカールは唾をのみこんだ。ヒルメスの顔色をうかがう、という王者らしからぬ行為までやりかけたが、仮面の下の表情もつかめず、したがって真偽のほどもわからない。

「い、いったいどうやって?」

「油断してごく少数の兵で城内にいたところを、斬り伏せてやっただけのことでござるよ」

ヒルメスは右腕を突き出した。軍衣の袖が赤く汚れている。

「やつの血でござる。匂いを嗅ぎわけるおつもりなら……」

ギスカールは眉をしかめる。

「無用のことだ、引っこめよ」

ヒルメスは右腕を引っこめた。左腕にごくかるい痛みがうずく。アルフリードに受けた傷である。女に傷つけられたことを恥じ、ヒルメスはだれにも傷のことを話していない。

「銀仮面がパルスの軍師を殺した!? あのナルサスが死んだ……?」

ギスカールの胸が騒いだ。もちろん、この野心家はマルヤム一国の王ていどで満足してはいない。

ナルサスがいないとなれば、パルス軍とて恐れるにたりぬ。ここで軍を返してしまえば、パルスを征服する千年に一度の好機を逃してしまうのではないか。この銀仮面の話に乗るべきではないのか……。

しかし、と、ギスカールは野心家らしく迷う。ギスカールの軍隊を使い、苦労してパルスを再征服したとたん、背後から銀仮面に殺されでもしたら、目もあてられない。そもそも祖国パルスに弓を引く男だから、けろりとしてギスカールの背中に剣を突き立てるだろう……。

「ようやった、でかした。おぬしの大功、心からたたえるぞ」

とりあえず、心にもないことをいったとき。

馬を駆って駆けもどってきた偵察兵が、大声で告げた。

「国王陛下にご報告をたてまつります。ザーブル城は無人にして、パルス軍の影も形もございませぬ」

ギスカールは、やや冷静さをうしなった。

「たしかか？　まちがいないであろうな」

「まちがいございませぬ」

そう明言されると、かえってギスカールの迷いは深まった。ヒルメスを疑う気は薄れたが、パルス軍の罠ではないのか。

「なら、あわてる必要はない。どうするか、慎重に考えよう」

「何を悠長な」

礼節の欠片もなく、ヒルメスが吐きすてる。

「いまごろパルス軍は、たよりとなる宮廷画家をうしない、王都エクバターナをめざして退却しつつあるに相違なし。そこを後背から急襲して一気にたたきつぶすにしかず。ただちに出陣のご命令を」

ギスカールは頭を振った。

「しかし、冬の山越えで兵も疲れておる。まずはザーブル城にはいって、ゆっくり休養をとろう」

ヒルメスは赫となった。ギスカールめ、宮廷画家とおなじ運命をたどりたいか、と思ったほどだ。

ここで、ひかえていたオラベリアが、おそるおそる口を出した。

「と、とにかく、ひとまずザーブル城を占拠してはいかがでございましょう。往くにしても還るにしても、根拠地は必要でございますし、となればザーブル城以上の場所はございませぬ。他国の軍に先手をとられぬうちに、まずザーブル城をおとりくださいませ」

「おう、それがよい。妥当な策と申すものじゃ。明日から準備をはじめよ」

「ふん」

ヒルメスは仮面の下で口もとをゆがめた。彼にいわせれば、山越えをしただけで戦いもしていない新マルヤム軍が疲れているなど、笑止のかぎりであった。パルス軍は、ナルサスをうしなっても、エクバターナの城壁に拠って、三年は戦えるというのに。

ヒルメスは不快な部屋を出た。ろくに礼もしなかった。

「ブルハーン……」

呼んでから、ヒルメスは足をとめた。振り向いて周囲をながめわたす。もちろん、彼に応える者はだれもおらず、寒風が山峡を吹きぬけていくだけであった。

「……もう生きてはいまい」

心につぶやく。

カーラーン、ザンデの父子にサーム、そしてブルハーン。ヒルメスに忠誠をつくしてくれた男たちは、すべてこの世から消えていった。その犠牲をはらって、何を手にいれた？

「ギスカールめが憎まれ口をたたきおったが……存外、真実かもしれぬ。おれは周囲に不幸をもたらすばかりか……だが」

ヒルメスの目が異様に光って、北西方向の山嶺をながめやった。寒風を送りこんでくる山々は雪を抱いて白い。

「だが、宮廷画家めをたたき斬って、ようやく怨みの一端は、はらしてやった。今度こそアルスラーンめを不幸のどん底に突き落としてやる。その後は、どうなろうと知ったことか」

急に寒気の強さを感じたヒルメスは、いまいちど山々をながめると、ゆっくり自分のテントへとあゆんでいった。

第二章　表と裏の戦い

I

パルス暦三二六年の二月半ば。パルス国内に奇怪な流言がひろがりはじめた。

「前王アンドラゴラス三世陛下はご存命(ぞんめい)である！」

との噂である。

流言は早春の風に乗って、パルスの農村地帯を侵食していった。

「いまさらご存命といわれてもなあ」

「嬉しくもないいね。いまの王さまのほうが、よっぽどいい」

「そうか？　前の王さまはお強かったぜ」

「それがおれたちにどんな関係があるんだよ」

「いまの王さまだって、負けたことないぞ」

「そんなことより、ほれ、早く銀貨を用意しておけ。明日は種子(たね)商人が代金の取り立てにくる予定だからな」

「わかったよ」

アンドラゴラス三世が、じつは蛇王であることを、農民たちは知らない。知っていたら、のんきな会話ですむはずがなかった。

「アンドラゴラス王、存命！」

その流言がついに王都エクバターナに達したとき、王宮では、文官も武官も、笑った後に蒼ざめた。

「ばかな！　ありえることか！」

「むきになるな。お前がいうとおり、ばかな話じゃないか」

「蛇王が生きかえらせた、とか……」

「や、やめろ」

「あなどらぬほうがよかろう」

蛇王ザッハークの名が出ると、動揺するのがパルス人の常である。あわててミスラ神に献上物（ささげもの）をして、守護を願う者までいた。

ここで気絶しそうになった人物がいる。王墓管理官（ニザル・ハラーフル）のフィルダスである。彼は前国王の葬儀をとりしきり、死せるアンドラゴラス王の顔も見たし、柩を地中に埋める作業も見守ったし、土もかぶせて埋めた。その後、王墓が何者かにあばかれ、死体を盗まれて蒼くな

ったものである。つまりアンドラゴラス王が死去したことを知っているので、今回の、

「アンドラゴラス王は生きていた！」

という流説に接して、冷静ではいられなかったのだ。

フィルダスは半ば惑乱(わくらん)して、アルスラーン王のもとへ飛んでいった。

当のアルスラーンは、といえば、アンドラゴラス王の遺体が盗掘されたことを、おぼえてはいたが、フィルダスについては忘れかけていた。それどころではない日々がつづいたからである。

エラムの報告を受けて、アルスラーンは謁見室へ足を運んだが、フィルダスはカーセムや兵士に押さえつけられながら、「お赦(ゆる)しくださいませ」と泣き叫ぶばかりである。アルスラーンは最初あきれ、つぎに気の毒になり、フィルダスをなだめ、無罪を確約してやった。

実際、フィルダスに罪はない。彼が嬉し涙を流して帰った後、アルスラーンと宰相(フラマータール)ルーシャンと翼将たちは会議室に顔をそろえ、彼らだけしか知らない秘密について語りあった。

「アンドラゴラス王の遺体が盗まれたのは、やはりそのためだったのか！」

ようやくパルス国の首脳部は、そのことに気がついたのであった。死体が盗まれた理由

にたちまち気づく、というほうが非常識なのだから、これはしかたない。

「さすがに宮廷画家どのは、予想していたのだな」

「たいした御仁だ」

「といっても、いざ事実となると……」

「さて、どうするべきやら」

ダリューン、キシュワード、クバードらは腕を組んだ。

三月下旬になって、シンドゥラから使節団が帰ってきた。往きと逆の順路をたどって、海路ギランに到着する。往きは女性たちのために数日の休息をとったが、帰りには、ヨーファネスはギランに一泊しただけで、不慣れな馬を駆ってエクバターナに到着し、アルスラーン王にラジェンドラ王からの誓約書を献呈した。

「ジャスワントは？」

アルスラーンが問うと、ヨーファネスは泣き出しそうな表情になってうなだれた。それだけでアルスラーンは事情をさとった。唇がわずかに慄えた。

「……そうか」

「そりゃあもう、おみごとなご最期でございました。シンドゥラ人みんなを見なおす気になったくらいで……あ、例外もございますが」

例外というのがだれか、アルスラーンにはわかったので、あえて質さなかった。ジャスワントの遺灰は、ナルサスやトゥースらが眠る墓地に、鄭重に葬られた。後代の人々から見れば、この段階で、いわゆる十六翼将の生存者は、ひと桁になったことになる。

領主カーゼルンの城館は、一時的に「アンドラゴラス王」の行在所となり、本来の主人のほうが食客のようなありさまだった。

「アルスラーンめは最初から、王家の血を引いていないことを公言しておった」

「さようでございます」

「利口なやつよな」

「どうせ、死んだナルサスめあたりの奸知でございましょう」

「ふん、その奸知を受け容れたのが、利口と申すのよ。隠しだてしておれば、それを暴くことで打撃をあたえることができるが、最初から公言しておれば、それがどうした、という話になる。憎いやつだが、まるきりのばかではないな」

蛇王らが豪奢な食事と酒を楽しんでいる間、夜の見張りを命じられた兵士たちは、寒さをこらえて足踏みをしながら、ひそやかに会話をかわしあっていた。もともと奴隷であって、仕事中におしゃべりなどしていたら鞭でなぐられているところだが、いまは自由民でアーザートある。いったんおぼえた自由の味は忘れられない。

「おれたち、いったいどうなるんだ」

「負けたら生命はないさ。何せ、敵には、ダリューン、キシュワード、クバードの三人がそろってるんだからな」

「そうじゃない、勝ったときだ」

「妙なやつだな。勝ったときのことを心配してどうする?」

「お前こそ、心配にならんのか。おれたちは以前、奴隷だったが、アルスラーン王のもとで自由民にしてもらったじゃないか」

一同、はっとして顔を見あわせる。

「……そうか!　もし、おれたちが勝ったら……」

「奴隷に逆もどりさせられるのじゃないか。おれはそのことを心配してるんだよ」

一同はだまりこんだ。彼らの耳に、はなやかな歌舞音曲のひびきが伝わってくる。アンドラゴラス王の姿をした男は、あびるがごとく酒杯をかたむけて、やめる気配もない。館の主人であるはずのカーゼルンは、遠ざけられて、下座でうらめしげに料理を匙でかきまわしている。

「尊師よ」

「ははっ……」

尊師の本名は何だろう、と、グルガーンは以前から思っていたが、どうやら蛇王も尊師をその名で呼んでいるらしい。

「予の指示があるまで、予と眷族どもとの関係を知られぬようにせよ」

「………」

「意味がわかるか」

「はっ、愚考いたしまするに、陛下はあくまでも、幽閉されていたアンドラゴラスとして行動したまい、眷族どもとは無関係ということになさるのではないかと」

「そうだ、それから？」

「眷族およびチュルク軍は、イルテリシュに統率させあそばし、陛下はあくまでもパルス人の軍隊をご統帥になって、逆賊アルスラーンをご討伐なさる形を、おとりあそばすものと」

「そのとおりよ。しばらくはイルテリシュに暴れさせて、手腕見物といこうではないか。おもしろいとは思わぬか」

「損害が出るやもしれませぬが」

「ふん、チュルク兵など全滅しても惜しくはなし、眷族どもはいくらでもつくれる」

蛇王は酷薄に言いすてた。他人事ながら、グルガーンが戦慄していると、蛇王の赤い両眼が彼を見すえた。

「グルガーン、そこにおるか」

「は、はい、何ぞ御用命いただければ、これ以上の歓びはございませぬ」

蛇王の両眼が、平伏するグルガーンを見すえる。さながら目の力でグルガーンを押さえつけるようで、身動きひとつできない。

「尊師よ、予の意向をグルガーンに告げてやれ」

一礼した尊師が、グルガーンに告げた。

「汝に特別の任をあたえる。これも陛下が汝を信頼したもうからぞ」

グルガーンは慄えた。感動し、同時に底知れぬおそろしさをおぼえた。この人物は、けっして背信を赦さないであろう。

「百匹ばかり眷族をひきいて、エクバターナに侵入し、日ごと夜ごとに騒ぎをおこせ」

「……はっ、はい」

「アルスラーンめを熟睡させるな。そして、エクバターナの市民どもには、アルスラーンめの治安能力に対する疑念を植えつけよ」

「おおせのごとくいたします」

「なろうことなら、アルスラーンの手下のひとりふたり、葬ってまいれ。無理はせずともよいが、あの軟弱者にとっては効果があろう。汝の技倆（うでまえ）を見せてもらいたいものだ」

「お、おそれいりましてございます」

ただちにグルガーンは王都エクバターナへ向けて奔（はし）った。ただ、眷族をともなうことだけは辞退した。自分ひとりのほうが役に立つ、と知らしめたかったのである。

II

餓狼（がろう）のごとくエクバターナをねらう諸勢力のなかで、最初に動いたのは、チュルク軍であった。山地で越冬していた三万の兵が、東からの早春の風に乗り、パルスの平原に侵攻してきたのである。

シンドゥラ軍と異（こと）なり、チュルク軍は寒冷に強い。残雪を蹴散らし、大陸公路よりもむしろ山道を選んで西進した。そのため、パルス軍はなかなか敵の侵入に気がつかなかった。かくして、シンドゥラへの使節団がまだ帰国していない三月半ば、チュルク軍は忽然として、王都エクバターナの東方二十ファルサングの地に出現したのである。これは騎兵で

四、五日の里程であった。

「なかなかみごとな」

と、クバードが大杯をほしながら、ほめたほどである。たしかに、ここまでのチュルク軍の行動には、見るべきものがあった。

だが、平原に進出してからは、瞠目(どうもく)するような進撃ぶりは影をひそめた。じわじわとエクバターナに肉薄してくるが、平凡な動きだ。

いまやアルスラーンの統治圏は、王都エクバターナを中心とする半径約五十ファルサングの円のなかに収縮している。ソレイマニエもザーブルも放棄し、本来のパルスの国土の一割ほどの面積である。

「戦略とはいえ、勝ちつづけてこうなったのは奇妙なものだな」

イスファーンが語りかけると、土星(カイヴァーン)が尻尾(しっぽ)を振って同感の意をしめした。

パルスの農民たちは、それぞれの村を土塁(どるい)や柵で砦(とりで)化し、食糧はひそかに隠している。また、井戸には毒をいれて敵軍が水を飲めないようにした――と、これだけは流言で、敵が渇きをいやせないようにした。ほんとうに毒をいれて、あとで困るのはパルスのほうである。

会議の席上、将軍たちの顔ぶれがすっかりさびしくなったのを痛感しながら、アルスラーンは告げた。

「すべての敵を、我々の手で斃す必要はない」

アルスラーンの表情はおだやかだったが、芯には侵しがたい確固たるものがあって、それがダリューンにはまぶしかった。

「すくなくとも、チュルク軍とマルヤム軍は相容れない。彼らが対立してくれれば、この上ない幸いだ」

アルスラーンはつづけた。

「チュルク軍にはイルテリシュがいる。マルヤム軍にはヒルメスがいる。この梟雄ふたりが闘って、ともだおれになってくれれば、けっこうなことだ」

「おおせのとおりでございますが……」

「彼らどうしで闘わせるより、自分の手で葬り去らねば、気がすまないか？」

「お見通しでおわしますな」

ダリューンは頬をほころばせた。

「ジャスワント卿はまだ帰国いたしませぬが、シンドゥラ軍の動きはいかがでございましょうか」

「シンドゥラ軍が東から攻めてくる、というのか」

「あくまでも可能性でございますが……」

キシュワードは慎重だが、単にラジェンドラがきらいなだけかもしれない。

「エラム卿、説明してやってくれ」

「はい、では、おそれながら」

エラムはわるびれることなく、諸将に向かって語りはじめた。

シンドゥラ軍が東から侵攻してくれば、かならず魔軍と衝突することになる。双方が傷つき、もしシンドゥラ軍が有利なら、エクバターナに対する魔軍の圧力は減殺される。かりに魔軍が有利なら、パルスのためにシンドゥラ軍をしりぞけてくれることになる。

「どちらにころんでも、パルスの不利にはなりません。シンドゥラ国王ラジェンドラの為人を考えますに、犠牲をはらってまで西方へ侵攻することはなく、まず当分は形勢を観望するものと思われます。よって、今回、シンドゥラ軍の動向は気づかう必要はなし、と判断した次第です」

ほう、と、諸将はエラムを見やって、紅潮した若者の顔に微笑をさそわれた。亡き師父から教わったものを必死に消化しようと努める姿は、人々の好感を呼んだ。

四、五の案件をすませて解散となると、キシュワードがダリューンに語りかけた。

「ナルサスもよい弟子を持ったな。まだすべてを教えぬうちに逝ったのは、心のこりだろうが、順調に育てば、他国の軍師どもにひけはとるまい」

「すべてを教えられては、たいへんなことになっていた」

「どういう意味……や、そうか」

ふたりの猛将は苦笑しあう。ナルサスの絵画のことである。ダリューンにいわせれば、

「ナルサスが最初に絵を教えなくてよかった」

ということになる。

後にはアルスラーンとエラムがのこった。

「クバードが飲んでいたのは何だい？」

「名前はありません。クバード卿が考えだしたもので、夜光杯（グラス）に氷をつめて、麦酒（フカー）と葡萄酒（ナビード）を七対三の割合でそそいだものだそうです」

「うまいのかな」

「ご本人はそう言っております」

「では、いつか試してみよう。暑い時季には、よいかもしれない」

クバードは大将軍の地位を辞退したかわりに、国王から特権を授かっていた。国王の前で、いつでも酒を飲んでよい、というものである。「陛下は、まことご聡明におわす」と、クバードは上機嫌であった。彼は妙な俗物で、酒と女には目がないが、地位や金銭にかけ

ては恬淡たるものだった。

ナルサスの死後、喪失感や悲哀を克服するため、パルスの諸将は、かえってよく笑うようになった。ことにダリューンとエラムはそうだったが、ときおり、わざとらしく聞こえるのは、しかたないことであったろう。

「食糧はどうなっている、エラム？」

「五年分の備蓄がございます」

「そうか、後でくわしく説明を聴こう」

「はっ」

ナルサスのおかげだな、と、アルスラーンは故人を想った。

ナルサスが戦いのつど食糧にこだわるので、よくアルフリードが笑っていたものだが、こう四方に敵がひかえると、その重大さがよくわかる。実際に五年も籠城することなど、まずありえないが、「五年分の食糧」は、味方を安心させ、敵をあせらせる。うかつに攻められない。ちなみに、アンドラゴラス三世は、自分のほうから外へ攻めていく主義だったので、食糧の備蓄にはたいして関心がなかった。

王都エクバターナ城司のクバードは、城壁ぎわに椅子をおき、手には大きな夜光杯をにぎり、両足は城壁の低くなった部分にかけて、悠然と城外を見物している。彼の部下たちは右へ左へと走りまわって、あつかましい上官につぎつぎと報告する。

「デマヴァント山の方角から、雲のようなものが湧きおこって、接近してまいります！」

「地上はどうだ？」

「は、おなじ方角から土塵が近づいて……兵力はおよそ三、四万かと」

「うろたえるな」

王都エクバターナ城司クバードは、名もない酒の杯をとって、豪快に氷をかみくだいた。

「メルレインにまかせてある」

王都の東、半ファルサングほどの位置にある林を指さした。ポプラやニレが雑然とまじった林だが、一兵の姿も見えない。刀槍のきらめきも視認められなかった。

ダリューンとキシュワードが肩をならべて城壁上に上ってきた。チュルク軍が視界にはいってきた、との報せを受けたのである。三人が見守るうちに、土塵はしだいに近づいてくる。敵も味方も、対手の出方を探っているという状況である。

「敵の陣立ては？」

「見てのとおり」

クバードが、夜光杯を持った手を城壁の外に突き出した。ダリューンやキシュワードがあらためて城外の光景を見やった。

「いちおう形にはなっているが……」

「イルテリシュがいるからな。だが、やつも城攻めは苦手なトゥラーン人。ペシャワールを攻めあぐねて、結局、陥せなかった。まして、もしここにいないとすれば」

「空からはまだ攻めてこんな」

「包囲だけさせておいて、蛇王の眷族どもが到着したところで、空と陸の両面から同時に攻める気ではないかな」

「とすれば、わざわざそれを待っている必要はあるまい」

諸将が語りあっていると、アルスラーンがエラムをともなって城壁を上ってきた。あつかましいクバードも椅子を立って礼をほどこし、アルスラーンが礼を返す。

「ひとつ、ナルサスの遺してくれた策を、ためしてみようと思う」

若い国王の提案に、異議をとなえる者はいなかった。絵を描く以外のことに関しては、故人となってさえ、ナルサスに対する信頼はあつい。

その夜は城の内外、にらみあいですぎた。

翌日、チュルク軍の指揮官たちは仰天することになる。

かたく閉ざされていた東の城門が、開かれたと思うと、城内からパルス軍が突出してきたのだ。朝まだき、霧のはれやらぬなかで、人の声と馬蹄のとどろきがかさなり、

「全軍突撃(ヤシャスイーン)！」の叫びがひびきわたる。

パルス軍のほうから先に攻めてくるとは思わなかったので、チュルク軍はたちまち混乱におちいった。

パルス軍の先頭に黒馬を駆る黒衣の騎士は、長剣を夜明けの太陽にかがやかせて敵中に躍りこんだ。

ダリューンの長剣は、下からチュルク兵の顎(あご)を突き砕き、口中をつらぬいて脳に達した。そのまま剣を大きく振ると、絶命した敵の身体は音と土塵をたてて地に落ちる。

つづいて、巨大な戦斧(せんぷ)を振りかざしたチュルク騎士が、馬ごとダリューンにぶつかってきた。まともに攻撃を受けたら、長剣が折れかねない。ダリューンは身を低くして、旋風のような斬撃をかわすと、手首をひるがえし、下から上へ刃を奔(はし)らせた。斧を持ったままの手が地にたたきつけられ、悲鳴が空気を裂く。

「イルテリシュ、いるなら出あえ！」

三人めの敵を血の泥濘(でいねい)に葬り去って、ダリューンは呼号(こごう)した。

「味方の蔭にかくれているとは、それでもトゥラーンの戦士か!?」

悲鳴と刃鳴りのただなかで、耳をすませてみたが、反応はなかった。

ダリューンから百歩ほど離れた場所では、宮廷楽士が鮮血の渦のただなかにいる。

「アシ女神の御名に誓い……」

ギーヴは優雅で非情な笑みを浮かべる。

「すべての敵に死の歌を！」

彼は剣先でチュルク騎士の咽喉を斬り裂くと、馬を躍らせて、右にふたり、左にひとりを斬り伏せた。

ダリューンが呼びかける。

「ギーヴ卿、アシ女神はいつから戦いの女神になりたもうたのだ？」

「そんな質問、女神に対して失礼だろう」

「なぜ失礼にあたる？」

「おれだけの守護神だからさ」

「なるほど」

ダリューンは広い肩をすくめて頭上をながめた。気にさわる音が空を満たしつつある。

生きている雲——有翼猿鬼（アフラ・ヴィラーダ）の大群が空から城壁にせまっていた。

Ⅲ

エラムは、血の海めざして猛然と馬を走らせた。馬ははげしくいななくと、ギーヴの弓から放たれた矢のように、まっしぐらに突進した。

すでにエラムは、ふたりのチュルク兵を撃ち倒していたが、三人めは手ごわかった。チュルク式の山岳馬術を駆使して、エラムに右から左から斬撃をあびせかける。

エラムは、右からの刃を力いっぱいはねあげると、馬首を左へまわし、走り出した。

「逃げるか、孺子(こぞう)！」

敵が怒号する。

「そう思うかい」

つぶやくと、エラムは剣を鞘(さや)におさめ、短弓を手にとった。疾走しながら矢をつがえ、上半身をひねると同時に矢を射放す。矢は敵の眉間(みけん)をつらぬいた。

それとおなじころ。有翼猿鬼(アフラ・ヴィラーダ)の集団が林の上空を通過していったが、そのとき、

「射よ！」

命令すると同時に、メルレインはみずから弓をとり、空の一角に向けて射放していた。

空中ですさまじい叫喚がひびき、咽喉をつらぬかれた怪物が、石のように落下してきた。有翼猿鬼たちは、まさか後方から矢を射かけられるとは思っていなかった。仰天し、奇声をあげて空中をのたうちまわる。

地上のパルス兵たちは、三回にわたって斉射をくりかえすと、以前どおり土色の布をかぶって身をかくす。

たけだけしい憎悪と復讐心に駆られて、有翼猿鬼の群れは空中で方向転換し、降下してパルス兵におそいかかった。だが、平原ではなく林である。自由自在に飛びまわることはできない。それでも降下していくと、木と木の間に、綱が張りめぐらされている。それに翼をひっかけてうろたえているところへ、布をはねのけたパルス兵たちが、ねらい射ちの矢を放つ。

有翼猿鬼たちが狂乱する空の下を、二騎のパルス騎士が疾走している。イスファーンとギーヴであった。

ふたりは馬を駆って短い斜面を一気に駆け上ると、十人ほどの敵と相対した。

敵のうち三人は弓をかまえていたが、ギーヴとイスファーンの接近があまりに急だったので、矢を放つ機会をうしなって狼狽した。のこる七人は、白兵戦にそなえて、槍や、刺のついた棍棒を低くかまえており、かろうじて、血に飢えたアルスラーン派のふたりを迎え討つ。

それでもなお後れをとった。黒々とヒゲをはやした大男が槍を振りあげたが、イスファーンの槍は対手の盾の中央を激しく突き、敵を馬上から後方へたたき落とした。

ギーヴは口笛をひとつ吹くと、べつの敵が水平にかまえた槍をはね返し、間髪をいれず、そのまま敵の咽喉をつらぬいて鞍から放り出した。

ふたりめの敵が決死の形相でギーヴの顔面に突きをくれる。ギーヴは顔を動かしてそれをかわすと、自分の槍を敵の顔の中央に突き刺した。槍をひと振りして血の雫を払い落とす。

「おお、うるわしのアシ女神よ、みぐるしい男どもではございますが、信徒の供犠としておおさめいただければ幸甚に存じます」

うやうやしく天をあおいで礼をほどこすと、ギーヴはふたたび馬を駆った。

この日の戦いには、戦略的な意味はあったが、戦術としては、たいした意義はない。パルス軍は、自分たちの強さをチュルク軍に見せつけ、今後のチュルク軍の戦意を減少させておけばよかったのである。

かくして、パルスの諸将は、つぎつぎと回転するように城門を出入りし、チュルク兵の血をむさぼった。

ギーヴは右に左に矢を放ち、十数頭の馬を自由の身にしてやった。

「よき馬はよき主人のもの
友として平原を疾走し……」

ギーヴの四行詩(ルバイヤート)は、だが、途中でやめざるをえなくなった。

「矢がなくなったぞ」

敵があざ笑い、早足で接近してきた。ギーヴは空(から)になった矢筒を一瞥(いちべつ)して肩をすくめた。

「きさまは虚言家(うそつき)ではないな」

それから弓をにぎりなおして告げた。

「ところが、まだ弓はあるのさ」

猛然と振りおろされてきた斬撃を、ギーヴは軽々とかわした。馬をあざやかに回転させ、身体をひねると、右手にとった弓のもっとも固い部分を、敵の後頭部にしたたかたたきつける。

敵はまっさかさまに落馬した。ギーヴは目もくれず、敵の馬の手綱をとって引き寄せた。鞍についた矢筒をはずし、「そら行け」と、かるく馬の頸(くび)をたたいてやる。それから敵の矢を使って、またしても右に左にと矢を放つのだった。

ダリューンはいったん早めに城内に引きあげたが、すぐにふたたび出陣した。今度はその手には重い長大な戟(げき)があった。

ダリューンの戟は、まずひとりめの胸甲をつらぬきとおし、敵は傷口と口から血を噴いて地上へ放り出された。ふたりめは大声をあげて直刀を振りかざしたが、戟が水平に一閃すると、右手首と頭が同時に吹き飛んだ。

血の匂いが渦を巻き、土塵が赤色をまじえて舞いくるう。

三人めは、頸(くび)をねらった突きをかわしたかに見えたが、戟の枝刃をまっこうから受け、頭を斬り飛ばされた。

ただ斬りまくっているように見えながら、パルスの諸将は、敵の動きを観察するのを忘れなかった。チュルク軍の動きはパルス軍の猛攻に必死に対応するのみで、全体が統一されていない。おそらくイルテリシュはこの場にいない、と彼らは看(み)てとった。とすれば、どこにいて何をたくらんでいるのか。

どっと喊声(かんせい)があがった。ついにクバードが陣頭にあらわれたのである。あきれたことに口のなかではまだ氷をかみくだいていた。

クバードはたちまち逃げる敵に追いついた。斬りむすぶ気はなく、追いこしざまに大刀を一閃させる。敵の頭部は、肩の上から、血と異音を放って吹き飛んだ。冑(かぶと)をつけたまま、首は血の雨を降らせながら地上にころがった。

そのすさまじい光景を見て、チュルク軍は戦慄した。つぎにだれがクバードに挑むか、蒼ざめた顔を見あわせる。

当のクバードは、大刀を振って血の雫をふるい落とすと、雷声(らいせい)をはりあげた。

「悪いことはいわん。逃げろ逃げろ」

「………」

「おれは人殺しよりも酒のほうが好きでな、その証拠に、酒は飲んでも、人の血は飲まん」

そういいながら、大刀をおおきく肩ごしに舞わせ、チュルク騎士の脳天からあごまで、まっこうから冑(かぶと)を断ち割った。

その近くで、パラフーダも奮戦していた。もとの名をドン・リカルドというこの男は、チュルク軍と闘うのは、はじめてである。

パラフーダは鐙(あぶみ)ごと左足をあげて、敵の脚をしたたか蹴りつけた。敵は苦痛と怒りの叫びをあげたが、かざした剣を振りおろす機会をうしなった。その間に、パラフーダは敵の傍をすりぬけ、ふたりめの敵に力まかせの斬撃(ざんげき)をくらわせた。刃は冑の側面にひびをいれ、チュルク騎士はもんどりうって落馬する。

三騎めの敵が、パラフーダの左前に躍りたって斬りつけてきた。迎撃には、もっとも不利な体勢だったので、パラフーダは刃をまじえるのを避けた。頭を低くして馬首を右へ向ける。敵の斬撃は空を切り、パラフーダはそのまま右方向へ疾走した。敵は怒号しながら追ってくる。

パラフーダは右へ右へと馬をまわりこませ、いつのまにか相手の左に出て剣を突き出した。何があったか、よく理解しないまま、敵は永遠に落馬した。

IV

三人の万騎長格(マルズバーン)は馬を寄せあい、イスファーンが六、七人の敵をたてつづけに斬り伏せるのを見やった。

「ここは、あの男にまかせておけばよかろう」

「イスファーンも技倆(うで)をあげたな」

「あいつの兄貴を思い出すよ」

イスファーンの亡き兄シャプールと、クバードとは相性が悪かった。そのクバードが、何やら感傷的な一言を吐いたので、ダリューンとキシュワードは視線をかわしあって苦笑した。

ほどなく勝敗は決した。パルス軍はチュルク軍に自分たちの強さを見せつけ、同時に、敵にイルテリシュが不在であったことを確認した。イルテリシュが指揮をとっていれば、チュルク軍は敗れるにしても、これほどぶざまな惨敗はしなかったはずである。

「パルスばんざい！」

歓声のなか、アルスラーンが馬を出してきた。エラムが馬を駆け寄せて、てきぱきと報告する。若い国王が手をかざして将兵をたたえる。将兵は拍手と歓呼で応えた。

人間や有翼猿鬼（アフラ・ヴィラーダ）の死体の山を、アルスラーンは、うとましそうにながめやったが、ひとつの命令を下した。有翼猿鬼（アフラ・ヴィラーダ）の死体のなかから、子どもの死体を探し出すように、と。

「陛下は、怪物とはいえ、子どもを憐れんで、埋葬なさるおつもりだろうか」

「しかし、子どもらしいやつは、見たおぼえがないなあ」

「探してみるか」

「気がすすまんなあ」

ぼやきながらも、兵士たちは怪物の累々（るいるい）たる死体の山を捜索にかかった。その結果、有翼猿鬼（アフラ・ヴィラーダ）のなかには一匹の子どももいなかったことが判明したのである。

七番め、そして最後の魔道士であるグルガーンは、パルス王宮の一角に身をひそめている。その陰鬱な、同時に兇暴な姿は、あたかも肉食の深海魚を想わせた。王宮は依然として、修復されぬままになっている。

「半分は廃墟だな」

せせら笑うと、グルガーンは蝙蝠のように暗灰色の衣をひるがえした。王宮につとめる人の数は、アンドラゴラス三世時代の三分の一ていどになっている。

「もし……もし、このおれの手でアルスラーンめを刺すことができたら、どれほどの栄華が手にはいることだろう」

胸が高鳴ってくる。彼の兄イグリーラスは、失望のあげくに横死をとげたが、いま思えば、あわれなものだ。世の中が自分の才能を認めなければ、実力で世の中のほうを引っくりかえせばよかったものを。

グルガーンは、ふいに壁にはりつき、暗い蔭のなかに身を隠した。人の気配を感じとったのだ。それは、用もないのに王宮のなかを走りまわっているカーセムであったが、足早に彼を追いぬいた若者を見て声をかけた。

「あ、エラムどの！」

振り向けばカーセムである。暑くもないのに手巾で顔をふき、出てもいない汗をぬぐっている。

「何か用？」

「あ、いえいえ、お姿を拝見したので、思わず声をおかけした次第で。いや、お疲れさまでございます」

自分から声をかけたくせに、カーセムは会話のつなぎを見出しそこねた。エラムは半弓の矢が尽きたので、城内にもどって補充するところだったのである。

「おお、エラム卿、いかがした」

今度は重厚な初老の男性の声がして、蔭のなかでグルガーンの両眼が妖しく光った。宰相ルーシャンの声だったからである。

「ご苦労じゃな。すこしは休まぬか」

「いえ、今日の戦いは訓練のようなもの。陛下にご報告した後、また城外に出ます」

「無理をしてはいかんぞ」

「心がけます」

「それにつけても、王都の空に、蛇王の眷族の影を見るとは……」

ルーシャンは溜息をつく。カーセムは殊勝に「伯父」の後方にひかえていたが、ここで口をはさんだ。

「なに、一時のことでございますよ。だいたい、わがパルス軍の強さ、まともに戦って勝てる輩（やから）などありませぬ」

「まともに戦いをしかけてくると思うか？」

「はあ、それは……」

カーセムに、軍事的な識見などない。頭をかくしかなかった。

ルーシャンとエラムは、なお二言三言（ふたことみこと）言葉をかわすと、反対方向に別れた。一瞬、グルガーンは迷う。エラムは半弓も短剣（アキナケス）も持っている。ルーシャンは腰に剣。もしグルガーンがエラムのあとをつけて、アルスラーンを葬ったら、功績が大きくなりすぎる。蛇王や尊師が、こころよく思わないかもしれない。ここはルーシャンで満足しておこう。

ルーシャンは文官だが、貴族のたしなみとして、ひととおりの武芸はこころえていた。剣の柄（つか）に手をかけ、強く周囲を見まわす。

「お、伯父上、いかがなさいましたか」

カーセムが問いかける。武芸の心得など、砂漠の水分よりもすくないが、何やら薄ら寒いものを感じたのである。そうなると、過敏なほどに反応した。

「者ども、出あえ！　宰相閣下をお守りせよ！」

ルーシャンを放り出して逃げださなかったのは、みあげたものだが、黒々とした影が、はばたくように空中からおそいかかってくると、思わず首をすくめてしまった。

その、すくめた首すれすれに刃がかすめ飛んだ。うめき声がおこる。グルガーンが投じた短剣は、ルーシャンが顔を守った、その左手の甲に突き立っただけであったが、それには毒が塗ってあったのだ。ルーシャンはみずから兇器を引きぬいたが、音をたてて床に倒れこんだ。グルガーンはすばやく兇器をひろいあげた。

こと戦闘に関しては、カーセムは何の役にも立たなかった。彼は心から「伯父上」ルーシャンの仇を討ちたかったが、短剣の使いかたすら知らない。

「伯父上、伯父上、お気をたしかに」

倒れたルーシャンにとりすがってゆすぶると、手に大量の血がついた。

「わが……甥よ」

「は、は、はい！」

ルーシャンのほうから、はじめて甥と呼んでくれた。カーセムは場ちがいな喜びにとらわれかけたが、あやうく自分をとりもどした。

「は、はい、何ごとでございましょう。すぐ医者がまいります」

「わが甥よ、アルスラーン陛下のことをたのんだぞ……あの御方は、おやさしすぎる。わしはそれだけが心配で……」

声がとだえた。

「お、伯父上、しっかり、しっかり……！」

ルーシャンが息を引きとったとき、魔道士グルガーンは、血ぬれた短剣をつかんで廊下を疾走していた。

「やった！　宰相ルーシャンを殺した！」

魔道士グルガーンは狂喜に我を忘れた。

ルーシャンはアルスラーンの挙兵以来、若すぎる王太子と若い王につかえ、その勢力をみごとに監督し管理してきた。アルスラーンに不平を抱く領主や貴族や諸侯たちも、ルーシャンには何目もおいていた。

そのルーシャンを殺したのだ。

自分が蛇王や尊師にどれだけ賞賛されるかと思うと、グルガーンは、あたらしい世界の光輝に目がくらむ。暗黒の世において、第三の地位を占めるのは、このおれだ……。

「何者か、そこにおるのは!?」

美しい女性の声であったが、グルガーンの邪悪な喜びをつらぬく鋭さがあった。

「ファランギース！」

グルガーンの目には、駆けつけてきた女性の姿が薄明るく見えたのである。

カーセムが全身から声を発した。

「その男は宰相閣下を殺しました！」

聞くなり、ファランギースは、すばやく身をひるがえし、後方へ跳んだ。一瞬の差で、毒と血にまみれた短剣は宙を斬り裂く。その間にファランギースは抜剣していた。

グルガーンは逃走すべきであったが、なお血に飢えた短剣は、宰相殺しの魔道士を陶酔させ、慢心させていた。

「きさまも死体になりたいか!?」

やすっぽい威嚇の声をあげると、グルガーンはファランギースの前へすすんだ。ファランギースの表情には、痛烈な決意がある。グルガーンを討ちとるという決意が。

グルガーンは舞うような動作でファランギースにせまり、おそいかかった。彼女が、かつて自分の兄の恋人であったことを、もちろんグルガーンはおぼえていたが、いまや彼女はアルスラーンの党与であり、一片の感傷もない。

「グルガーン！」

ファランギースが叫んだ瞬間、魔道士は床を蹴っていた。両眼は紅く燃え、口の端からはよだれを垂らし——宙を舞ってファランギースにおそいかかる。

瞬間。空気が鳴った。細い一閃の光が、横あいからグルガーンの頭に突き刺さる。

グルガーンは床にたたきつけられ、短剣はその手から飛んで、かわいた音をたてながら、むなしく床の上を回転した。

「エラムか」

「おけがは？　ファランギースどの」

短弓を手にしたエラムが、息をはずませながら走り寄る。

エラムの放った矢は、グルガーンの右耳からはいって、頭蓋と脳をつらぬき、左耳から鏃を突き出していた。もちろん即死である。

ファランギースは、グルガーンの死体に歩み寄ると、大きく見開いたままの両眼を、すらりとした指先で閉じてやった。

「これで、わたしの過去はすべて消えた」

彼女は自分の過去を、アルスラーンにしか語っていない。アルスラーンは、彼女から聴いたことを、だれにも話していない。エラムにさえも。したがって、エラムはファランギースの台詞の意味を理解できなかった。

「出あええ！　蛇王の眷族があらわれた。宰相閣下が殺されたぞ！」

カーセムはまだどなりつづけ、半分泣き顔でルーシャンの遺体をゆすぶった。

「伯父上、伯父上、しっかりしてくだされ」

V

戦場からもどってきたアルスラーンは、兇行の現場に駆けつけ、ルーシャンの傍に片ひざをついて、冷たい手をとった。

「犯人は？」

「エラム卿が討ちとりました」

ファランギースが答える。

「そうか、エラム、よくやってくれた」

篤実で重厚なルーシャンの死は、アルスラーンを大いに歎かせた。アルスラーンが親征するとき、王都の留守をまもり、多数の文官を統率して日常の政務を処理してきたのも、ルーシャンである。

「地味だが太い柱が一本、折れてしまった」

そうアルスラーンは深い溜息をついたが、ルーシャンのほうでは、せめて生前にアルスラーンの花嫁の顔を見たかったにちがいない。

「やれやれ、また葬式かい」

ひそかにぼやく小役人もいるなかで、故人の為人（ひととなり）にふさわしく、質実（しつじつ）な葬儀がおこなわれた。

その直後、アルスラーンは、ルーシャンの後任にキシュワードをすえるよう発令した。キシュワードは仰天して辞退したのだが、

「ルーシャンとて、区々（くく）たる事務を自分でこなしていたわけではない。宰相（フラマータール）たる者は、廷臣たちに対して公正で、危機に際して、おちついた判断と的確な指示ができればよい。日ごろの信頼感と人望がたいせつだと思う」

「陛下……」

「それでもだめか？」

落胆したようなアルスラーンの表情に耐えられるキシュワードではない。

「陛下の御心のままに」

と答えてしまった。ダリューンが大将軍（エーラーン）に叙任されたときと同様で、アルスラーンにいわれると、いやとはいえない臣下たちなのであった。

「ただ、私めは理財（りざい）にはくわしくございませんが」

「金銭のことは、パティアスにまかせればよい。彼は王国会計総監（スパンディヤード）だが、副宰相（フラマート）を兼任させる」

ひとつだけ、キシュワードは、みずから軍をひきいて戦う許可を、アルスラーンから得た。何といっても、キシュワードは、累代の武人であった。

宰相になってすぐ、キシュワードはメルレインにあることを命じた。

「大軍は必要ない。ザーブル城の物資庫を焼くだけだからな」

「焼くのでござるな」

メルレインが念を押す。いささか、もったいない、と言いたげである。キシュワードは苦笑した。

「ちと惜しいが、焼くだけだ。人数はどれほど要る？」

「ゾット族だけで百人もいれば」

「では頼んだぞ」

もともとザーブル城はパルス軍の拠点である。現在こそ新マルヤム軍に占拠されているが、城壁内の設備から上下水道、秘密の通路まで知りつくしている。

二日後、メルレインは、先頭にゾットの黒旗をかかげ、えりすぐった百騎の兵をひきいてザーブル城へ向かった。

新マルヤム国王ギスカールは、その日もいささか精彩を欠いていた。

十八歳のとき、「ルシタニア王弟殿下」の称号を受け、政治と軍事の最高責任者となって以来、苦労をつづけてきた。善悪はともかくとして、野心と能力があり、まじめな性格だったので、何ごとにも手をぬかなかった。だれにも想像できなかったパルス征服の大事業をなしとげ、一年で失敗した後は、政敵ボダンと抗争し、とにかくもマルヤム一国を手に入れた。これだけで、他人の十倍は苦労をかさねている。

いまパルス再征服の途上にあるが、銀仮面にそそのかされてのことで、燃えるような野望に駆り立てられてはいない。年齢もすでに四十一歳である。

「アンドラゴラス王、存命」

パルス国内にその報が駆けめぐり、ザーブル城にまで、ついに達したとき、ギスカールは、五、六人の美女と入浴していた。好色というより、「これぐらいのことは、やってもよかろう」という気分だった。

「ア、アンドラゴラス⁉」

驚愕と恐怖に、ギスカールは一瞬、目がくらんだ。アルスラーンの登極と同時に、アンドラゴラスは死んでいたのではなかったのか――よりによってギスカールの兄イノケンティス七世とともに、高い塔から墜(お)ちて死んだはずだ。

それがじつは生きていて、しかもアルスラーンによって幽閉されていたとは。

あわててギスカールは広い浴槽を飛び出し、服をまとって執務室に駆けこむと、銀仮面や貴族たちが待っていた。仮面の下の皮肉な表情が、ギスカールには見えるような気がする。

「陛下、お恐れになる必要はござらぬ」

「ぎ、銀仮面か。しかしだな……」

「お忘れでございますか。私はアンドラゴラスめを捕虜とした男でござるぞ」

ギスカールはだまりこんだ。たしかにそうである。

「ちょっと待った!」

コリエンテ公爵が声をはりあげた。他の大部分の貴族たちと同様、彼は銀仮面の男に好意を持っていなかった。

「何もこれ以上、あえて、パルスと事をかまえる必要はなかろう。我々が本国をあけている間に、何ごとがおこるかわからぬ。いちど本国へ帰ってはどうか。諜者の報告によれば、ミスル軍が西からパルスへ侵入したと申すし……」

「ねらう獲物が同一である以上、かならず事はおこり申す」

冷然と、ヒルメスは言いすてる。

「私には考えがある。ミスル軍が西から東へ、エクバターナへ向かうかぎり、ザーブル城の南方を通過するはず」

銀仮面に見わたされて、一同は目を伏せた。

「通過した直後、埋伏させておいた兵をおこして後背から攻撃すれば、勝利は確実。何なら私が指揮してごらんにいれる」

「……う、うむ」

ギスカールは、自分自身がアンドラゴラスの虜囚にされたときのことを思い出した。すると、数万の兵力に守られながら、肌に粟が生じるのをおぼえるのだった。あの男は、銀仮面よりおそろしい。

寒風のなか、ゾットの黒旗は、人知れずザーブル城に忍び寄っている。先頭に立つメルレインは、あいかわらず不機嫌そうな表情で四方に眼光を突き刺していた。

妹アルフリードの仇は討った。だが、心がはればれとしないのは、やはり仇が僚将ジムサの弟だったからである。もしジムサが生きていれば、どういうことになったであろうか。ときおりその疑問が心をかすめ、そのつど異なる返答がもどってくるのだった。

ゾット族の肉薄には気づかず、心おちつかぬ新マルヤム国王ギスカールは、私室に、ヒルメスと重臣カリエロを呼んでいた。

ファン・カリエロ子爵。前回のパルス侵攻に際しては、モンフェラート将軍を補佐して善戦した。旧ルシタニア軍の生きのこりのひとりである。ボダンとの抗争でもギスカール側について貢献し、男爵から子爵に昇格したのだ。

「カリエロよ、どう思う？」

「アンドラゴラス王が生存していた、という一件でございますか」

「そうだ」

「アンドラゴラスは死にました。死者がよみがえる道理はございませぬ。偽者に決まっております」

ギスカールはうなずいた。彼自身そう思っている。ところが奇妙に脳裏にひっかかるのだ。ありそうもない前国王生存を旗印にかかげて、いったいだれが何をしようとしているのか。

「パルス国の支配、乗っとりでござろうな」

ヒルメスの反応である。ギスカールは眉をしかめた。

「そんなことはわかっておる。気になるのは、死んだアンドラゴラスを引っぱり出してくる了見だ。偽者にしても、よほどに似ていなくては、貴族や廷臣どもをだませまい」

「では、よほど似た偽者か……」

「偽者か？」

「真物ということでござる」

平然とヒルメスは言い放ち、ギスカールは、全身の水分が蒸発してしまうような気分におそわれた。

「この件に、アルスラーンが、まったくかかわっていない、としたらいかがかな？」

「それは充分にありえることだが、そんな勢力がパルスに存在するのか」

「それこそアンドラゴラスを擁する一党でござる」

VI

ヒルメスの断言は、ギスカールの心を動かした。たしかにアルスラーンは多くの民衆の支持を得ていたが、一方では、つねに国内に無言の敵をかかえていた。彼らは、アルスラーンがパルス王家の血を引いていないことに、不満をおぼえていたし、また、奴隷制度廃止に対しては、損害を受けて、憎悪を禁じえなかったのだ。

彼らがアルスラーンに対して叛乱をおこさなかった理由は主としてふたつ。まず、ダリューンやナルサスをしたがえた僭王(アルスラーン)に対して勝算(しょうさん)がなかったこと。ふたつめは、強力な叛乱指導者がいなかったことである。領主たちのひとりふたりが反旗をひるがえしたところで、ダリューンひとりにたたきつぶされるのが結末(おち)であった。ゆえに、彼らは——皮肉なことだが——アルスラーンの寛大さを恃(たの)んで、表面上はおとなしくしていたのである。

だが、いまや状勢は変わった。

アンドラゴラスが生きて在(あ)れば、正統性はこちらにある。アルスラーンこそ逆賊であって、正義は自分たちのものだ。ここでためらっていれば、後日、アンドラゴラスが王座を奪還したとき、報賞にあずかれないどころか粛清されるかもしれない。

勝ち馬には乗るべし。

カーゼルンがいちおう領主たちの盟主になっているが、あのような無能者、いつでも、とってかわれる。待ちつづけていた機会が、ついにおとずれたのだ。

アンドラゴラスの正体を蛇王と知らぬ領主たちが、大小の欲望をかかえて集合すると、その兵力は三万をこえ、五万にとどき、ついに八万に達した。アルスラーンに匹敵する兵力である。しかもアルスラーンの軍師であったナルサスはすでに亡く、こちらの総帥は豪雄アンドラゴラス王だ。かならず勝てる、負けるはずはない。

こうして反アルスラーン陣営が急速に強大化する一方、西北方から侵入してきた新マルヤム軍は、国王ギスカールが今後の方針を決定していた。

「……まだ山間には残雪が多く、雪崩の危険も多い。よって、しばし時季を待ち、四月十日をもって、エクバターナに向け、全軍、進発するものとする」

理にかなった命令である。ヒルメスも、諸将も、程度の差はあれ、納得せざるをえなかった。ヒルメスとしては、ナルサスをうしなったパルス軍に、歎き悲しむ間もあたえず急襲したいところであったが。

「ナルサスのつぎにはダリューンをこの手でしとめてやる。そしてアルスラーンだ」

アルスラーンが最後ではない。ヒルメスはゆがんだ笑いを隠すと、表面はおとなしくギスカールにしたがって春を待っていた。

一夜、ヒルメスは妙に寝苦しい気分で床にはいっていた。ようやく睡魔がおとずれて、しばし寝入ったが、重厚な中年の男性の声で目を開いた。声はいった。

「……失望いたしましたぞ、殿下」

「……うう」

「パルス正統の王朝を回復し、僭王アルスラーンめを生きながら八つ裂きにし、大陸公路の覇者とおなりあそばすはずでありましたものを」

「……だれだ、お前はだれだ？」

「お忘れとは、おなさけない。父子二代、あなたさまの御為に、つくし申しあげたパルスの廷臣でござる」

ヒルメスは半ば叫んだ。

「カーラーン！　カーラーンか!?」

「思い出していただけましたか。不肖の息子ザンデも、ここにおひかえ申しあげておりまする」

「ザンデ！」

単純粗野だが愛すべき男であった。ヒルメスに叱責され、巨体をちぢめて恐縮する姿を想いおこすと、ヒルメスでさえ頰がほころぶ。

「おひさしゅうござる、殿下」

「ザンデ、生きていたのか……！」

思わず声を大きくして、そこでヒルメスは気づいた。

ザンデが生きているはずがない。それ以前に、カーラーンもである。ヒルメスは、いったん両眼を閉ざし、ふたたび開いた。

「……夢か」

寝台から半身をおこして、ヒルメスは額の汗をふいた。夢にはブルハーンは出てこなかったが、彼らに対してヒルメスは、うしろめたさを禁じえなかった。せめてミスル一国でも手に入れていれば面目が立とうというものを、そのていどのことさえ失敗してしまった。

「失望した」といわれても返す言葉はない。

「夜明けか」

つぶやいて寝台から出ようとしたとき、ヒルメスは、この世で一番おそろしい声を聞いた。

「火事だあ！」

火矢によって食糧庫を炎上させたのは、もちろんメルレインひきいるゾット族であった。

「雪どけを待ってエクバターナに進撃するつもりだろうが、そう思いどおりになるものかよ！」

メルレインは冷笑した。ザーブル城にこもっている敵の意図が見えすいているのに、パルス軍が手をこまねいている、とでも思っているのか。宮廷画家を殺して驕(おご)りたかぶっている新マルヤム軍と銀仮面を、メルレインは心の底から憎んだ。

キシュワードの指示どおり、新マルヤム軍の食糧を焼いたら、メルレインはそのまま火戦から乱軍へ持ちこむつもりであった。銀仮面かギスカールのどちらかでも討ちとることがかなえば、自分の生命は惜しくない。

火矢の群れは、意思あるもののごとく、食糧庫の要所要所をおそい、深紅と黄金の炎をまきあげる。それに灰色と黒の煙がしたがって、ザーブル城南方の小渓谷を、明るくかがやかせ、雪をとかした。

この一帯に布陣していた新マルヤム軍は、シャラックス、パルデサヌス、トリマルキオン、メガメテウスといった将軍たちに統率されていた。ルシタニアからの占領者たちではなく、もとからのマルヤム人たちである。

ギスカールを国王として認め、ルシタニア人との間におりあいをつけてはきたが、今回のパルス出兵に関しては戦意が低かった。もともとパルスとマルヤムは友好関係にあったし、国王の側近にいる銀仮面の男の存在も薄気味悪い。

「この戦い、死ぬのはばかばかしいぞ」

「死ななくとも、いつ故郷に帰れるか知れん」

「もともとマルヤムとパルスは、悪い仲でもなかったに」

そうささやきあっているところ、しかも起床直前を容赦なく奇襲されたのだから、整然と応戦するどころではなかった。火に追われ、矢に射られて、なすところなく逃げまどい、倒されていく。

メルレインは、三十六本いりの矢筒を二個、馬体の左右に提げている。

「銀仮面！　ヒルメス！　どこに隠れている!?」

わずかに馬体が重くなっているが、メルレインはすべての矢を費いはたすつもりで馬をあやつっている。

新マルヤム軍が突出してきた。パルス軍が少数なのを看てとったのだ。半数の兵が、水や雪で消火にあたり、のこる半数が喊声をあげて駆け向かってくる。

「敵は小勢だぞ！　押しつつんで鏖殺せよ！」

剣をかざして怒号したのはパルデサヌスであったが、鋭い光が奔ったと見るや、馬上からもんどりうっていた。メルレインの放った矢が、額に突き立っている。

非情なゾットの弓は、高く低く殺戮の歓声をあげ、八本の矢で八人の敵を雪と泥の上にころがした。そこでメルレインは弓をおさめ、剣を抜き放った。敵は眼前に肉薄している。

敵はメルレインめざして半月刀をたたきつけてきた。ゾット族長はその斬撃をはね返し、そのまま敵の手に斬りつけた。敵はあわてて手を引っこめる。同時にメルレインの逆手に持った剣が、敵の頸部を左下から右上へなぎ、半ば首を切断した。血を噴いて落馬したのはメガメテウスであったが、メルレインの知るところではない。

「ようし、もういちど火を放て！」

内心もったいないな、という気がしないでもないが、メルレインはきびしく命じて、馬蹄のもとに新マルヤム軍を蹴散らした。三千の新マルヤム軍は、夜明け直前の薄暗さと、烈しくなる火煙のもとで、敵の実数をたしかめることもできなかった。国王ギスカールさえも、うろたえた侍従にたたき起こされるに至った。

Ⅶ

ヘカトーンは、ヒルメスの副官である。好きこのんで就任したわけではない。国王ギスカールの勅命である。

ヒルメスのほうでも、副官は必要なので、ギスカールの人事を受け容れたが、使い走り以上の存在とは思っていない。むしろ、ギスカールがヒルメスの監視役としてよこしたもの、と考えていたし、事実そのとおりであった。

ヒルメスは手早く武装をととのえ、銀仮面も着用した。さっさと部屋を出ると、そこへ、ヘカトーンが駆けこんで急を告げる。

「どうした、逃げんのか？」

冷笑されたヘカトーンは、反発をおぼえてヒルメスに反駁した。

「に、逃げるとおおせあるか、銀仮面卿」

「では戦うつもりか」

「必要とあらば」

「おお、りっぱな忠誠心よな」

ヒルメスは、あざ笑った。

「おれは逃げる。いまいましいが、あれが苦手でな」

ヒルメスが指さす先では、食糧庫が炎上していた。すでに猛火と猛炎の域に達しており、火の粉と熱気がせまりつつある。ヒルメスは泰然としているように見えるが、じつはヘカトーンの前で最大級の演技をしているのであった。

ヘカトーンは、二、三度、口を開閉させてから、ようやくどなった。

「火を見て逃げるとは卑怯な！　臆病者が！」

つぎの瞬間、ヘカトーンの首は鈍い音をたて、血の流れに乗って宙を飛んでいる。

「きさまは勇敢な男だ。ほめてつかわす」

長剣の刃から血をふるい落として鞘におさめると、ヒルメスはひとつ溜息をつき、馬にまたがって馬首を東へ向けた。

この間、ゾット族はやりたい放題だった。秩序なく個々に闘っているようだが、いざとなれば一散（いっさん）に逃げ出せるようにしている。だが、さすがに新マルヤムの大軍に圧迫されはじめた。

不運なパルデサヌスがいったように、「敵は小勢だぞ」ということを他の者も知ったのである。

「まずくなってきたな」

メルレインが考えたとき、彼の傍をひとつの騎影がかすめすぎた。長い髪の女性である。

「ファランギースどの！」

「陛下のご命令により、加勢にまいった。パラフーダ卿もおるぞ」

見れば、白髪の騎士が、五、六百騎をしたがえて、突出してくる新マルヤム軍を横撃（おうげき）している。

はるかに多い新マルヤム軍は、数を生かして平原で戦うべきであったが、ザーブル城周辺の地形は、それを許さなかった。城門から突出するたび、矢の雨をあびて、人馬もろとも雪と泥に紅い色を加えていく。

旧名ドン・リカルドのパラフーダは、五本の矢を放って三人の敵を斃すと、弓を鞍の横にもどした。

「ま、おれの技倆では、こんなところか」

つぶやいて、大剣を抜き放つと、パラフーダはルシタニア語でどなった。

「イアルダボートの神よ！　御身のよき信徒を守りたまえかし！」

ルシタニア人もマルヤム人も、イアルダボート教の信徒である。宗派こそちがえ、ほぼ例外なくそうであったから、異教徒であるはずのパルス騎士が、イアルダボート神の名を口にしたのを聞いて、あっけにとられた。彼らの困惑や狼狽を無視して、パラフーダは大剣をきらめかせ、敵中に斬りこんだ。

応戦するいとまもなく、たちまち三騎が雪と泥の上に斬って落とされる。たしかにパラフーダの剣技は一段と上達していた。パリザードに励まされた結果であろうか。

さらに一騎を刺し、一騎に血煙をあげさせた直後、パラフーダは思わぬ人物と顔をあわせた。

「オラベリアじゃないか」

「お、お前はドン・リカルド!?」

オラベリアの声が悲鳴に近くなった。マルヤムの王都イラクリオンで、不本意な別離を強いられて以来である。パラフーダの視線は、旧友にともなわれた貴人にすえられた。豪奢な毛皮をまとった中年の男が叱咤を飛ばした。

「ひかえよ、予は新マルヤム国王ギスカールなるぞ！」

「そんなやつは知らんなあ」

「何だと」

「ルシタニア王弟ギスカール殿下なら存じあげておるが」

「…………」

ギスカールの両眼が陰惨な光をおびた。パラフーダの旧名ドン・リカルドは憶えている。ご苦労にもルシタニアからマルヤムへやって来て、帰国を請願した二人組のひとりだ。

「なれば、その御仁は、はるばるルシタニア本国より請願に参上した、エステル女卿やおれに、ボダン教皇殺害の冤罪を着せて殺そうとした御仁。怨みこそあれ恩などない」

パラフーダが吐きすてた。白髪の容貌に怒気がみなぎっている。オラベリアは唾をのみこんだ。刀の柄に手をかけ、自分の馬を両者の間に割りこませる。

「どけ、オラベリア！」

「そ、そうはいかぬ。ドン・リカルド、よく事情はわからぬが、考えなおせ。ルシタニア人どうし殺しあってどうする⁉」

「ルシタニア人なんていない」

パラフーダの声が翳った。

「おれはルシタニア系パルス人で、おぬしたちは新マルヤム人だ。いま両軍は戦いのさなか。敵の総帥を目のあたりにして、放っておけるか」

「オラベリア、何をしておる、殺せ！」

ギスカールの声がうわずった。ボダン殺害の件に関しては、多少のうしろめたさが彼にもあるのである。

「ドン・リカルド……」

「旧交を想って生命は助けておく。オラベリアよ、こんな無益な戦いで死ぬことはない。さっさとマルヤムへ、いや、ルシタニアへ帰れ」

パラフーダは皮肉に笑った。

「王になれるかもしれんぞ」

オラベリアは愕然とした。故国ルシタニアの惨状は、耳にしている。イラクリオンで、「ドン・リカルド」から聴いたのだ。群小の領主が乱立し、国の体をなしていない。ひとつまちがえば、オラベリアていどの器量でも、小国の王ぐらい名乗れるかもしれぬ。

「それでは、これでお別れだ、オラベリア」

「ま、待て、ドン・リカルド」

「何だ」

「お前、いくら故国を棄てたからといって、まさかギスカールさまを討ちとる気ではあるまいな」

パラフーダは、にがい笑みを浮かべた。

「そこまでは、おれも割りきれん」

「そ、そうか」

「ギスカール公を討つのは、他の者の役目だ」

「ドン・リカルド！」

旧友の声を背に、パラフーダは馬を駆り、ふたたび乱軍のなかへ躍りこんでいく。その後姿を見やって、オラベリアは歎息したが、異様な音を聞いて振り向いた。

矢が肉に突き立つ音。苦悶の悲鳴。

「へ、陛下……！」

ギスカールの左右の胸に二本の矢が突き立ち、羽を震わせている。ギスカールの口から、血の泡があふれ出た。

「……あたったようじゃな」

「たしかに」

ほぼ二百歩の距離をへだてて、ファランギースとメルレインが、うなずきあう。彼らはギスカールとは思わず、毛皮をまとった貴人をねらったのだ。

ファランギースの弓が、さらに優美な挽歌をかなでる。

新マルヤム軍の兵士たちは、その挽歌に応じるように、右に倒れ、左に落馬した。この期におよんでも、剣や槍をかまえてファランギースにせまる者がいたが、勇敢さも無謀さも、死によって報われた。あるいは咽喉をおさえ、あるいは胸をかばって、雪と泥の上にころがる。メルレインの矢もどんどん減っていき、それにともなって、新マルヤム兵の姿も減少していく。

「だれか、だれかおらぬか……」

二本の矢を身に受けたギスカールは、かすれた声で呼ばわったが、彼を守ろうとする者は、ひとりもいなかった。すでにオラベリアの姿もない。

「だれか……」

ギスカールの身体は鞍からずり落ちた。残雪と泥にまみれて、彼は立ちあがろうとこころみたが、徒労に終わった。

「おれは死なん……」

ギスカールは、口からこぼれ出る血とともにあえいだ。その両眼は、しかし、すでに現実を見ていない。生まれてから今日までの過去を、順序を無視してながめわたしている。

「おれは死なん……」

ギスカールは王宮で死ぬべきであった。辺境の雪山にかこまれた孤城などで、不覚の死をとげるべきではなかった。彼は新マルヤムの国王であり、パルスを征服し、大陸公路に君臨する身であったはずである。

「おれは死なん……」

それが一代の野心家にとって、最期の言葉となった。

第三章　逆賊たち

I

「ザーブル城の戦い」は、結果として、合計千人に満たないパルス軍が、数十倍の新マルヤム軍を撃破したという、たぐいまれな戦史上の特例となった。パルス軍はナルサスなしでこの勝利を得たのである。

しかもパルス軍は、新マルヤム国王ギスカールを討ちはたした。この報は、パルスの民衆を驚喜させた。五、六年前にパルスに不義の兵を侵入させ、掠奪、放火、暴行、破壊、殺人と非道のかぎりをつくした悪の総大将が討ちとられたのである。ルシタニア人め、ざまあみろ、天罰ってのはやはりあるもんだ。

エクバターナはお祭り騒ぎになった。国王アルスラーンは、ギスカールを矢で斃したファランギースとメルレインに、さらに、奮戦したパラフーダに報賞をあたえた。かつて、アルスラーンの王太子時代、金貨十万枚の懸賞がかかっていたことを思えば、すくなくとも同額の価値が、ギスカールの首にはある。ただし、その当時とは財政事情がちがう。

アルスラーンは単純に喜んでいたわけではなかった。ギスカールを殺しても、ナルサスが生き返るわけではない。その意味においては、銀仮面ヒルメスを逃したことのほうが残念であった。結局、ファランギースとメルレインに金貨二万枚ずつ、パラフーダには金貨一万枚が贈られた。ファランギースは全額を自分の出身の神殿に寄進した。

アルスラーンは自分で考えて、ザーブル城に引きこもった新マルヤム軍に使者を出した。国王をうしなった新マルヤム軍が、即刻、ザーブル城を放棄して帰国すれば、追撃はせず安全を保証する、というものである。使者は大将軍ダリューン、副使はイスファーンであった。

国王をうしない、食糧もなくなった新マルヤム軍は、ダリューンの名を聴いただけで、慄えあがって城門を開いた。ダリューンは礼儀を守った上で、新マルヤム軍がただちにザーブル城から撤退するよう要求した。

新マルヤム軍のほうも要請した。

「いますぐ撤退するのは、雪山ごえが難儀だ。どうせ帰国させてくれるというのなら、時季を選ばせてくれ」

これに対し、使者ダリューンは答えていわく――国王も食糧もなくザーブル城に籠城して、何の希望があるのか。パルス軍はザーブル城を包囲し、食糧が尽きたところで全面攻撃をかけて、新マルヤム軍を鏖殺(おうさつ)するであろう。即日が無理なら四月十日までに、ザーブル城を退去せざれば、一戦あるのみ。

新マルヤム軍は、せめて四月十五日まで待ってほしい、と哀願したが、ダリューンは明確に拒否。しかたなく、新マルヤム軍は要求を容(い)れて、四月十日までの退去を約束した。

「まあ、四月十日までは引き延ばしたのだから」

と、新マルヤム軍の幹部たちはなぐさめあったが、じつは、即日退去して帰国したほうが、彼らのためにはよかったのである。

とにかく、ギスカールが死んだからには、以後マルヤムとの修好も期待できる。大きな功績であった。

祝宴の席で、上座に坐したメルレインとパラフーダとの間に多少の問答があった。

「なぜ自分で斬らなかった？」

パラフーダは答えた。

「あれでも、ひとたびは主君の一族としてつかえた人だ。斬れなかった。新マルヤム国王の首は、おぬしのものだ」

そういわれたメルレインも、頑固な若者である。

「他人の功を自分のものにしようとは思わん。まして、ファランギースどのと同時のことだ」

ファランギースは淡々と祝杯をあおぎ、あおぎつづけ、ほとんど沈黙していた。

ギスカールの死と新マルヤム軍の撤退とは、パルスにとって吉報であったから、ただちに全国に布告された。

「思わぬことになったものだ」

「世の中には、どんなことも起こりえる、と、ナルサス卿がいっていたっけなあ」

「それにしても、ギスカールのような梟雄が、意外にあっけない最期をとげたものでございますな」

ギスカールがなぜ秘密の通路を使って逃げず、まともに城外へ討って出て、不慮の死をとげることになったのか。これは推測がつく。秘密の通路を出たところに、パルス軍が伏兵をひそませていることを恐れ、むしろ大軍に守られて逃れるほうを選んだのであろう。

「喜んでばかりはいられません」

そういったのは、エラムである。

「ギスカールほどの梟雄が、思いもかけない最期。アルスラーン陛下の御身を、油断なく警護する必要が、ますます高まりました。諸卿には、いっそう心がけていただけるよう、お願いいたします」

「なるほど、もっともだ」

諸将が解散して、あとにアルスラーンとエラムだけが残ったとき。

「私は暗君だなあ」

アルスラーンは溜息をついた。

「パルス国そのものより貴重な友人を、うしなったかと思えば、先王の名を借りた貴族や領主にうとまれる」

「あなたは暗君ではありません、陛下」

強い調子で、エラムは反駁した。

「もし陛下が暗君なら、そもそもそれほど貴重な人材が、よろこんでおつかえするわけがございません」

「それは……」

「御身を自制なさるのはごりっぱですが、ご謙遜も度がすぎれば、私どもはこまります。暗君につかえていることになってしまうではございませんか」

「ありがとう、忠言、耳に痛い」

アルスラーンは頬をほころばせた。

「ナルサスに叱られたときのことを想い出す。これからも、どうか見すてないでくれ」

宮廷画家の遺したふたりの弟子は、どちらからともなく手を差し出して、にぎりあった。

ヒルメスの矢を受けたウサギは、一転して枯草の間に伏した。ヒルメスは無表情に歩み寄り、ウサギの両耳をつかんで持ちあげると、短剣で腹を裂いて内臓を外に出した。すでに火は熾（おこ）してある。煙は薄い霧にまぎれて、人に見られる心配はない。

「王侯の食事だ」

自嘲したヒルメスは、ウサギを棒に刺して焼き、岩塩をくだいて振りかけた。二十年以上前、炎上するエクバターナを、火と煙に巻かれながら逃れ出たときのことを想い出す。あのとき以来、ヒルメスの火に対する恐怖は消えない。

いまウサギを焼くときも、火を熾すのに、半ば逃げ腰だった。火がなければ、食事をつくることも身体を暖めることもできない、という事実は、ヒルメスにとっては、ひどく理不尽なことに思える。

メルレインが放った火は、ヒルメスを巨大な衝撃でつつんだ。あの火さえなければ、ヒルメスはメルレインを――ゾット族の女の兄を、一撃で返り討ちにしていたはずだ、と思う。

「死ぬまで火を恐れて生きるのか」

ウサギにかぶりつきながら、ヒルメスは自嘲した。ナルサスと死闘を演じたときのことを想い出す。あのとき、ナルサスの手に剣でなく松明(たいまつ)があったら、ヒルメスは手も足も出せず、逃げ出すしかなかったにちがいない。

「あげくに、このていたらくだ」

せっかくナルサスを殺してやったのに、新マルヤム軍はパルス軍にぶざまな敗北を喫した。あろうことか、国王ギスカールがあっけなく殺されてしまうとは！　あの男は、すくなくともエクバターナを再占拠するまでは生かしておいて、最後の血の一滴まで利用するつもりであったのに。

ヒルメスは皮肉にも考えた。あのときギスカールはすっかりその気になっていた。パルス国の再征服だ。あのいまいましい宮廷画家が地上から消えたとあっては、恐れるべきものは何もない。それが……。

「塩がすこし多かったな」

つぶやいて、ヒルメスは、食(しょく)し終えたウサギの骨を放り出した。一杯の葡萄酒(ナビード)がほしい。一国の王位を望む身が、何といじましい欲求だろう。

霧がうすれ、ヒルメスは谷ごしにザーブル城をながめやった。城の周囲をうろついて何日か、侵入をこころみたが、いまだにはたせない。秘密の通路は封鎖されてしまったようだし、生き残った新マルヤム軍はヒルメスに対する信用をすっかりうしなっている。新マルヤム軍がいかに弱兵でも、城壁上に弓をならべて斉射されてはヒルメスの生命はない。

ふと、ヒルメスは、ギスカールと毒舌をかわしあったときのことを想い出した。

……ギスカールは歯ぎしりの音をたてた。

「きさまは、どこの国へいこうと、災厄をもたらすやつだ。いままで無事息災に生きてきたのが信じられぬわ」

「これはまた、めずらしく真実をおっしゃいましたな、新マルヤム国王陛下。もっとも、私にいわせれば、この仮面こそが諸悪の根源。これを私にたまわったのは、陛下ご自身でござるが」

ギスカールは沈黙した。

思えば、あれがルシタニア王弟であった男との、最後の会話だった。哀しみも歎きもしないが、とりあえずギスカールは話のできる男ではあった。

馬が低くいなないた。うらめしそうな声であった。無理もない、このところ、ろくに餌を食べていないのだ。ヒルメスは、さらに不機嫌をつのらせた。

II

「わがものにならぬなら、パルスよ、亡びよ！」

不機嫌のあげく、そう叫んだとき、ヒルメスは、早春の空に黒い雲のかたまりを見出した。鳥か。そう思って、いったん視線を離したヒルメスは、ふと何かを感じて視線をもどした。鳥ではない。あれは翼のついた猿ではないか。

「有翼猿鬼（アフラ・ヴィラーダ）！」

ヒルメスは愕然（ぎょっ）とした。彼も生まれながらのパルス人である。蛇王ザッハークと、そのおぞましい眷族（けんぞく）どもについては、ものごころついたころから知っており、嫌悪と恐怖をいだいていた。

だが、実見（じっけん）するのは、はじめてである。ヒルメスは馬を引いて、大きな岩の蔭に身をかくした。息をころして空中の怪物どものようすをうかがう。思わず安堵の息をついたのは、怪物どもが空からねらっているのが、明らかにザーブル城であったからだ。

ヒルメスは剣の柄に手をかけながら、ザーブル城における人と魔との攻防を観望（かんぼう）した。

「敵――」

襲、とつづけかけたマルヤム兵の咽喉に、人間ならぬ形の黒影がおおいかぶさった。咽喉にかぶりつき、一気に皮膚と肉をかみちぎる。血管と気管が同時に切り裂かれた。笛を吹き鳴らすような音がして、マルヤム兵の上半身が朱に染まる。

「どうした？　何があった⁉」

疑惑の叫びを発して駆けつけてきた、べつのマルヤム兵が絶叫した。

「か、怪物だあ！」

夢中で槍を振りまわしながら味方を呼びたてる。槍の尖端が有翼猿鬼（アフラ・ヴィラーダ）の翼にあたったが、つらぬくことはできず、払いのけられた。またもマルヤム兵は咽喉を嚙み裂かれ、もがきながら血と肉をむさぼられる。三人目、十人目と兵士たちが馳せ参じたが、例外なく、眼前の光景を見て凍りついた。翼の音を耳にして空を見あげ、あらためて凍りつくありさま。

ザッハークのおぞましい眷族（けんぞく）たちを、マルヤム兵たちは知らない。口々に嫌悪と恐怖の叫びを放ち、天を指さす。

「落とせ！　殺せ！」

コリエンテ公が絶叫した。彼は無能な人物ではなかったが、国王ギスカール横死につづくこの奇怪な事態には対応できなかった。

「弓箭兵（きゅうせんへい）、弓を射よ！　槍兵、やつらを突き落とせ！」

剣を振りまわして怒号する。ギスカールに重用されていただけあって、逃げ出さないのはりっぱだった。だが、半ば逆上して、気づいたとき、彼の身体は空中にあった。大柄な有翼猿鬼（アフラ・ヴィラーダ）に、後ろからかかえあげられたのだ。

「おお、放せ、放せ！」

コリエンテ公は抜き放った剣を縦横に振りまわした。もはや冷静さの一片も残ってはいない。

彼が振りまわした剣は、有翼猿鬼（アフラ・ヴィラーダ）の腕を、「ヒッシュ（ばっさり）」と斬り落とした。すさまじい叫喚がおこり、毒血が噴き出す。

不運なコリエンテ公は、有翼猿鬼（アフラ・ヴィラーダ）の切断された腕につかまれたまま、毒血をあびて顔や肩から煙をあげつつ落下していった。おそらく五百ガズはあろうかと思われる城外の谷底へ。

新マルヤム軍の災厄は、まだ、はじまったばかりであった。


どこの領主の統治する土地にも、酒場は存在する。平原のただなかにも、大河のほとりにも、山のふもとにも。もちろん、カーゼルンの領地にも、である。

　カーゼルンの領地は、王都エクバターナの東南約五十ファルサング、平原と山地の接点にある。たいして豊かな土地でもなく、たいして有力な領主でもなかったから、赤紫色の髪と紺色の瞳を持つ容姿端麗な青年は、酒場に最初から期待していなかった。

　だが、馬をつないで店内に一歩はいると、青年は「ほほう、案外」と、うれしそうにつぶやいた。ギーヴであった。

　客は五十人ていど、酌婦（シャーキー）は十二、三人か。ギーヴの鑑定眼は、一瞬で全員を、「まず合格」とみなした。髪も目も肌も色がさまざまで、小さな花畑にはいったようである。

「これで酒の味がまずまずなら、もういちど来てやってもいいな」

　席をさがそうとすると、いちどに五本の花が駆け寄ってきた。彼女たちの目にも、ギーヴが合格点と映ったようである。それも、かなり高得点と思われた。

「ひさしぶりの美（い）い男だねえ」

　金髪の女が溜息まじりにいうと、ギーヴは愛想よく応じた。

「いや、何度聞いても飽きない台詞（せりふ）だな。とくに美人にいわれると」

「あら、この人、口までうまいよ」

「美人に虚言（うそ）はつかないよ。とりあえず、席へ案内してくれないかな」

ギーヴは片目をつぶってみせる。女たちは嬌声をあげ、ギーヴをかこんで酒席へとみちびいた。

店内にいた男たちの敵意が突きささってくる。もちろんギーヴは気にもとめず、長い方卓の一角に腰を落ちつけた。左右の席はあいている。そこへ酌婦たちが腰をおろそうとして、抗議の声をあげた。彼女たちを押しのけて、ふたりの男が乱暴に腰かけたのだ。わざとらしく剣環を鳴らし、にらみ殺すようにギーヴを見やる。

「ふふん、今夜は展開がはやいな」

「何のことだ、若いの」

「べつに」

「ここらあたりじゃ見かけねえ顔だが」

「おれも、あんたらに見おぼえはないよ。せっかくの美人たちが見えないから、そこをどいてくれ」

「聴きたいことがある、こちらへ来い」

「ああ、いいとも」

愛想よく、ギーヴは答える。

それから、ギーヴはいきなり爆発した。

左右の肘を電光のように突き出すと、両側の男は脇を突かれて吹っとんだ。ついで葡萄酒の夜光杯が宙を奔り、内容物もろとも三人めの顔にたたきつけられる。身をひるがえすと同時に、右脚を軸として左脚を回転させる。ふたりの男が脚を払われてもんどりうった。六人めの男が、酒くさい息とともに剣を抜き放つと、かるく顔を動かして宙を斬らせ、拳を対手の顔にたたきこむ。

その間に、他の客たちはわめきたて、卓が引っくりかえり、椅子が宙を飛ぶ。十人めか十一人めの対手の頭に麦酒の大杯をたたきつけたところで、袖を引っぱられた。

「さっさとお逃げよ。こんなところで負傷するなんてばかばかしいよ」

酌婦たちの真剣な顔がならんでいる。ギーヴは一瞬ためらった。たたきのめした男たちから、カーゼルンについて何らかの情報を引き出すつもりだったが、考えを変える。

「ありがとうよ。実のある美人に出あえるとは、アシ女神のご加護だな」

「ほら、こっちこっち」

「ところで、ここの領主さまのお館はどこにあるか、教えてもらえるかな」

「あっちの丘の上」

「恩に着るぜ、美しい天使たち」

男どもの怒声と女たちの嬌声に送られて、ギーヴは星空の下、馬を走らせた。「丘の上」

とやらは、すぐにわかった。分不相応なほどりっぱな館が、左前方の丘の上に見える。正確には、館の灯火である。何十もの窓がすべて光りかがやいているかのようだ。

たちまち丘のふもとに着くと、ギーヴは馬をそのままにしておいて、丘全体をとりかこむ石壁に近づいた。石壁の高さは二ガズほどしかない。念のため、小石を放りこんでみたが何の反応もなく、ギーヴはかろやかに石壁を乗りこえた。

灯火のともった一室の窓の下に忍び寄ると、室内の会話に耳をすませる。

「どうする？　いま起兵しても、民衆はアルスラーンの味方をするぞ」

「まさか、ルシタニアの王弟であったギスカールを殺すとはな」

「どこまで悪運の強いやつか」

領主たちは歯ぎしりしたが、一方で動揺をおぼえていた。何といっても、パルス国にとって「悪の権化」とすらみなされる侵略者たちの総帥を、アルスラーン一党は討ちとってしまったのだ。パルス人としては、胸のすく思いであることは当然であり自然であった。

ギーヴは領主たちの会話に、あざ笑いをもらした。たいして水準の高い会話ではない。真物のはずはないが、アンドラゴラスと名乗っている男を探してみるとしよう。

そう思ったつぎの瞬間、ギーヴはいくつかの動作をほとんど同時にやってのけた。身をひるがえして、突き出された槍に宙を突かせ、剣を抜き、対手の頸を刺す。

ギーヴは剣から血の雫をふるい落とすと、足音をほとんどたてず、べつの窓に歩み寄った。カーゼルンの部下にも、すこしはましな兵士がいるらしいな。そう思いながら、窓を用心深くのぞきこむ。紺色の、鋭さと甘さをかねた瞳が、大きく見開かれた。

「……アンドラゴラス⁉」

パルス随一の横着者が、わが目をうたがった。出かけた声をのみこむ。

ギーヴは、「アンドラゴラス王は実は生きていた」という話を、一顧だにしていなかった。彼は、イノケンティス七世とともに塔から墜ちたアンドラゴラスの死体を見ている。頭蓋骨、頸骨、背骨がすべて折れており、呼吸も完全にとまっていた。アンドラゴラスが無双の豪雄であったとしても、とうてい生きていられるものではない。まして柩に納められて地中深くに埋められたのだから、そこから這い出してくるはずがないのである。

「……王墓の盗掘と関係があるのは、たしかだな」

ギーヴとしては、いまのところそれ以上、確定できない。それを確定させるために、単身でカーゼルンの領地へ乗りこんできたのである。騎士の身分を持ち、平時は巡検使、戦時は将軍と称されながら、この青年は、単独行動を好んだ。

アンドラゴラス王の姿をした男は、傲然たるようすで座につき、麦酒をあおっている。室内には他に、酌婦の役をつとめる館の侍女たちが十人ほど。ギーヴの見るかぎり、先刻の酒場の女たちとおなじていどには美しい。

「……男は？」

ギーヴの視線が動いて、すぐに停止した。

暗灰色の陰気な衣をまとった男がひかえているのが見えた。

Ⅲ

あの男は何者だ？　領主のひとりか？

好奇心を刺激されたギーヴは、玻璃窓（ガラスまど）を通して目をこらした。男の顔が見えると、ギーヴはいささか気分を害した。正直なところ、彼に匹敵する美男子だと思えたからである。

アンドラゴラスの姿をした男が、夜光杯を手に問いかけた。

「イルテリシュめは、いかがしておる？」

「あの狂戦士なれば、いまごろザーブル城を眷族（けんぞく）どもにおそわせているはずでございます。なに、すぐにかたづきましょう」

「ザーブル城か」

アンドラゴラスが鼻先で笑う。

「ギスカールとやら申したやつも、意外ともろかったな。いますこし役に立つと思うたが、しょせんマルヤム一国が精いっぱいの男だったか、役立たずめ」

暗灰色の衣の男は恐縮の身ぶりをした。

「まこと、腑甲斐(ふがい)なき者でございました。ですが、トゥラーンの狂戦士イルテリシュ、あの男であれば、充分、ダリューンめらに対抗できると存じたてまつります」

「イルテリシュか、ふん」

またも冷笑。

「強ければよいというものではないぞ。毒矢の一本で獅子(シール)も倒れる。まだトゥラーンへの未練も残っておるようだしな」

窓の外で、ギーヴは彼らしくもなく混乱した。イルテリシュだと？　トゥラーンの親王(ジノン)から魔軍の指揮官へと転身したあの男が、偽アンドラゴラスと、どのような関係があるのか。

答えは明白なように思われた。この窓のなかにいる男たちも、魔軍と関係があるのだ。つまり蛇王ザッハークの眷族だ。それもイルテリシュを呼びすてにするくらいだから、相当に地位が高い。アンドラゴラスは仇敵の蛇王ザッハークと手を結んだのか。

ギーヴは人の悪い笑みを浮かべた。だとすれば、アンドラゴラスを奉戴(ほうたい)してアルスラーンを打倒する、と称しているやつらは、知らずして、蛇王ザッハークの盟友ということになる。笑わずにはいられなかった。

「まったくろくなやつらがおらぬわ」

アンドラゴラスの顔で、蛇王ザッハークが唾棄した。

「アルスラーンの孺子めには、ダリューン、キシュワード、クバードめらがついておるのにな。予には、そなたの他にイルテリシュと、あろうことか、カーゼルンごときか」

暗灰色の衣の男――尊師は、美しい顔に、卑屈な色を浮かべた。

「蛇王さまのご威光の前には、ダリューンごとき太陽の前の蛍。なんじょう、お気にかけることがございましょうか」

蛇王は杯をあおいだ。

「予に、誰も彼も、手ずから殺させるつもりか。このザッハークとて、万能ではないし、そなた以外に人間の部下もほしいぞ」

ギーヴは耳をうたがった。

蛇王？　蛇王といったか、あの暗灰色の衣の男は……？　そして答えは……？

ギーヴの胸中に、奇妙な黒雲がひろがる。めったにない感情——不安。恐怖より始末が悪い。ギーヴは手首の脈を測ってみた。こころなしか、いつもより速い気がする。

「あぶない、あぶない」

心にギーヴはつぶやく。いま心身を失調させれば、大事を聴きもらす。よく聴いて、よく考えろ。

アンドラゴラス王こそが蛇王ザッハークと同一人物だったのか？　いや、結論を早まるな。

カーゼルンの館を偵察するのに、過大な期待はしていなかったのが正直なところだ。だが、とんでもない鉱脈を掘りあてたかもしれない。

「ギスカールがまぬけな死にかたをせなんだら、すこしはおもしろくなったかもしれぬな」

「おおせのとおりにございますが、以後、マルヤムはいかが料理なさいますか」

蛇王は問い返した。

「ギスカールめに、子はおったか」

「おりませぬ」

「では、当分、放っておけ。国王が死に、後継者がおらぬとあっては、マルヤムは四分五裂よ。求めて熱湯に手を突っこむこともあるまい」

「御意にございます」

「チュルクも同様なのだな」

「はい、イルテリシュが国王カルハナを殺し、その子らを鏖殺いたしましたので、チュルクは国の体をなしておりませぬ」

「なるほど、イルテリシュはなかなか役に立つ。ところで、もうそろそろよかろう」

「かしこまりました」

何がそろそろよいのか。ギーヴは不審に思った瞬間、のけぞって後方に一転した。ふいに窓が開いたのだ。暗灰色の人影が窓枠を飛びこえ、ギーヴの眼前に躍り立った。ギーヴは一転してはね起きると、三歩分を跳びすさった。先手をとられた。

「どうだ、聴きたいことを聴いたか、アルスラーンの狗め」

「見たくもないものを、見せてもらったね」

ギーヴほど不敵で不遜な男の声が、わずかにかすれる。彼もまたパルス人であった。「蛇王ザッハーク」と聞けば、一瞬の畏怖が行動を制約する。かろうじて瞬殺をまぬがれたのは、ギーヴならではであった。

「誰かある？　侵入者だぞ」

美男子の魔道士が呼ばわると、夜気がざわめいた。甲冑をまとった足音が駆けつけてくる。カーゼルンたちの騒ぎも消えた。

甲冑が鳴ってギーヴの周囲をかこみかけたとき、ギーヴの剣が夜風を三断した。ギーヴの背後にまわろうとした兵士がふたり、絶鳴を発して地に横転する。とりあえず、ギーヴは退路を確保して、また一歩さがった。夜風が血の匂いを庭に流す。

「ギーヴとやら申すやつだな。弟子どもから聴いた。ファランギースなる女性(にょしょう)に懸想(けそう)しておるそうな」

美しい魔道士の、邪悪な笑い。

「美男美女どうしの出会いをさまたげてもらってはこまるな、へぼ楽士よ」

暗灰色の衣の魔道士はあざけった。

「何しろファランギースは、ここ数百年の間に、我(われ)が本気で侍女にしようと思った、ただひとりの女だからな」

「ほざけ」

と、ギーヴは冷笑を返した。

「きさまには、ファランギースどのの沓底(くつぞこ)についた泥をなめる資格もないわ。おれの赤心(まごころ)は、ファランギースどのには通じている」

「まだ結ばれてはおらぬではないか」

「きさまのように飢えてはおらんからな、へぼ道士」

「ふん、負け惜しみだけは一流と見た。それにしても、自由を気どりながらパルス王家につかえて狗となるとは、あさましや」

「以前もいったような気がするが……」

ギーヴは舌先で唇をなめた。

「おれがつかえたのは、あくまでもアルスラーン陛下おひとり。パルスの朝廷につかえた覚えはない」

言い放つと、ギーヴは、倒れた兵士たちの手から槍をうばいとった。それも、両手に二本の槍を、である。魔道士が、ギーヴの真意を測りかねた一瞬、ギーヴが左手の槍を投げつけた。

槍は竜巻のごとく回転しながら、尊師におそいかかった。なみの兵士なら、二、三名がまとめてなぎ倒されたであろう。魔道士は跳躍力を見せびらかすかのように高々と跳んで、空中からギーヴにおそいかかろうとする。

ギーヴは槍を地に突き立てると、両手でつかんだ柄を大きくたわめた。尊師が人間の意図に気づいたとき、ギーヴの身体は棒高飛びの要領で宙に浮いている。そのまま石壁を飛びこえ、姿を消した。尊師と名乗る魔道士は、むなしく地に舞いおりる。

「何たるやつ」

さすがの尊師が、唖然としたようだ。

「外へ出してしまいましたが、あとを追わせまするか?」

「人間にも芸達者なやつがおるわ。放っておけ、いずれひねりつぶしてくれる。それよりも尊師」

「はっ」

「カーゼルンを呼べ。明日じゅうに準備をととのえ、明後日の朝には発(た)つ。エクバターナへな」

「かしこまりました」

アンドラゴラスは窓から飛び出すような所業(まね)はせず、室内にとどまっていたが、扉をたたく音を聞いて口もとをゆがめた。

「おそいわ、役立たずどもめ。ギーヴとやらの目やにでも飲めばよいものを」

アンドラゴラスにほめられても、ギーヴは嬉(うれ)しくなかったであろう。

夜道、馬を疾駆させながら、ギーヴは考えつづけた。

「どういうことか、わからんな。アンドラゴラスと蛇王が同一人物? いや、蛇王がアンドラゴラスの身体を乗っとったのか」

魔道にそれほど詳しくないギーヴは、迷いが増える一方である。

「蛇王が人の身体を乗っとれるとしても、なぜわざわざアンドラゴラスでなければならんのだ？　パルスを支配するため、そうせねばならぬ理由でもあるのか」

夜風がギーヴの頰をたたく。

「ええい、宮廷画家、あんたはやはり早く死にすぎたぞ。おかげで残った者が苦労するわ」

ギーヴらしい言いかたで故人を悼みながら、彼は疾駆をつづける。

まっすぐ、王都エクバターナへ向けて。

Ⅳ

こうして、パルス暦三二六年四月十二日。「アンドラゴラス王」に親率された「僭王討伐軍」は、八万の兵力をもって北上し、同月十九日に至って、王都エクバターナの南方、半ファルサングの地点に布陣した。

「おうおう、大軍だな」

城壁上から見はるかして、クバードが皮肉と氷をいっしょにかみくだく。

「見ただけで降参したくなるが、逆賊は死刑に処せられるだろうな」

「何だって我々が逆賊なのです」

きまじめなイスファーンが怒りをあらわす。

「偽者をしたてて虚言(うそ)をばらまき、アルスラーン陛下を簒奪者あつかいするなど、卑劣千万。パルス人のいい恥さらしです！」

「恥さらしの張本人がいるのは、あのあたりかな」

キシュワードが指さしたのは、とくに兵が密集し、軍旗が林立した一帯で、風に乗って人馬の声さえ流れてきそうだった。

アンドラゴラスの威風にあふれた雄姿は、貴族や領主たちに畏怖の思いをあたえ、勇気と戦意を芽ばえさせた。この豪強そのものの王が、まだ二十歳にもならない弱冠(じゃっかん)の簒奪者アルスラーンに敗れるとは、とうてい信じられない。

調子のよい者は、アルスラーンを打倒した後、どれほどの報賞をたまわるものか、胸中で計算しはじめていた。

「まず奴隷制度の復活。つぎに領地と財宝。我々は国王陛下の忠臣なのだ。せいぜい高く買っていただきたいものだな」

「ギランの港からまきあげた財宝が、王宮には山と積まれている、という話だ」

「おれは女もほしいぞ」

「それだけはやめとけ。宮女は婆さんたちばかりだという話だからな」

いい気になったあげく、彼らは、とくに声の大きな者を千人ほど選び、王都の城壁に近づけた。選ばれた兵士たちは、命じられるがままに声を張りあげた。

「アルスラーンは僭王だ！」

「そうだ、簒奪者だ！」

「お前たち、降参すれば赦してやるぞ！」

兵士たちは声をそろえて叫んだ。潮騒のように声が城壁めがけて打ち寄せてくる。

「どうした、何とかいえ⁉」

「その僭王のおかげで自由の身になれたことを忘れたか⁉」

クバードの雷声がとどろくと、アンドラゴラス軍の歩兵たちは、とまどったように顔を見あわせた。たしかにクバードのいうとおりで、彼らが勝てば、ごほうびは奴隷への逆もどりである。静まりかえってしまった。

「おれの伝記には、『英雄クバード、一声にして十万の敵を敗走させる』とでも書いてもらおうか、おや、女神官どの、何か御用か」

城壁上に姿をあらわしたファランギースは、平常どおりおちついているようだが、表情がややかたい。

「ファランギースどの？」

「精霊（ジン）たちの騒ぎようが尋常ではない」

美しい女神官は、柳眉をくもらせつつ、手にした笛をしまった。

「おそらく、今日、我々は自分たち自身の目で蛇王ザッハークを見ることになろう」

イスファーンが手で拳をつくった。

「ということは、あのなかに……」

「正体を隠している」

ファランギースは、うなずいた。

「アンドラゴラスその人が、蛇王ザッハークと同一人物になっていようとは、敵も知るまい。それが知られれば、いっせいに逃げ出すであろうが、正体をあらわさぬかぎりは信じまい。ザッハークがいつ正体をあらわすか」

諸将は沈黙し、半ファルサング先の敵の布陣を、あらためて見はるかした。

そのころ、ザーブル城を脱出し、パルス軍の手を逃れたヒルメスは、大陸公路を東進するミスルの軍列を崖の上から見おろしていた。

ヒルメスは、眉をしかめた。

「なぜミスル軍がこんなところにいる?」

ヒルメスがまんまとミスル国王になりおおせていれば、話はわかる。「パルス王位回復」を口実とした、単純明白な侵略だ。だが、当のヒルメスはここにひとり馬を立てている。

「まあ、事情をくわしく聴くとしようか」

ヒルメスはひそかにミスル軍の後を追い、その日のうちに三人のミスル兵を殺して、死ぬ前に事情を尋き出した。そのうち二名は、最後尾の糧食輸送隊の兵士であったから、お粗末な刀しか持っておらず、ひそかに近づいたヒルメスに、悲鳴をあげる間もなくさらわれて、岩蔭で刃を突きつけられることになった。

彼らは慄えて生命乞いをするだけで、ろくな事情も知らず、ヒルメスは舌打ちして、彼にとっては奪う価値もない生命を奪うしかなかった。口封じのため、逃がしてやるわけにはいかなかったのである。

結局、三人めの不運な兵士が、ヒルメスの主たる情報源になった。

「そもそも、いま、お前たちの主君は何者だ?」

「じょ、女王だ」

「女王？」

「フィトナさまとおおせられる」

「…………！」

ヒルメスは驚愕の声を押しころした。ミスル兵は慄えあがった。

「し、知っていることは何でも話す。生命は助けてくれ」

「……女王は、どういう理由で、パルスに攻めこんだ？」

「せ、正統の王位を回復なさるとかで」

「正統の王位だと？」

ヒルメスがにらみつけると、ミスル兵は魂の底から慄えあがった。

「な、何でもフィトナさまは、パルスの前王だったアンドラゴラスの実の娘だとかで……それで、現在のパルス国王は王家の血を引いておらんそうで、追いはらって、パルスの女王におなりなさるとか……」

ヒルメスは、銀仮面の下で思わず口をあけた。ナバタイから人身御供としてミスル国王に献上された小娘が、ミスルのみならずパルスの女王だと？　神々も悪戯の度がすぎる。

「きさま、そんな戯言を信じたのか」

「し、信じるも何も、おれたちは、命令にしたがっているだけで……」

「ふん、たしかにそうだな」

ヒルメスは、さらに、テュニプがパルス軍に討ちとられたことを尋き出した。

これ以上の事情は、一兵士の知るところではない。では、どうするか。

「本人に尋いてみるとしよう。ご苦労だったな」

ミスル兵が本能的に叫びをあげるより早く、ヒルメスは剣を対手の咽喉に突き刺した。

「……さて、女王陛下に拝謁するとなれば夜のほうがよかろう」

つぶやくと、ヒルメスは、あわれなミスル兵の死体を谷底に蹴落とした。ふたたび馬に乗ると、ミスル軍の後をつける。

ミスル軍は歩兵が主力で、行軍の速度はおそい。ヒルメスは何度も、いらだちを抑えねばならなかった。

夜の気配がろくにおりないうちに、ミスル軍は行軍を停止し、夜営の準備にとりかかった。女王さまは長時間の行軍に耐えるつもりはないようだ。それでまたヒルメスは、完全に暗くなるまで、いらだちに耐えねばならなかった。

戦場のものとも思えぬ、豪奢な円形の幕舎が立てられ、周囲には質素な幕舎があわただしく設営されていく。ヒルメスは仮面をはずし、ことさら悠然と「女王」の幕舎へ近づいていった。

ミスル軍の哨戒兵が問いかけた。

「だれか？」

「おれだ」

冷然たる返答に、冷然たる刺突がつづき、ヒルメスの剣がミスル兵の心臓をつらぬく。

くずおれるミスル兵の身体を蹴とばしておいて、ヒルメスは陣営の奥へと進んだ。ふたたび誰何の声がひびく。

「だれか!?」

「おれだ！」

ヒルメスはミスル兵の咽喉を斬り裂いて、さらに前進した。兵士たちの死体が発見されようと、知ったことではない。「女王」フィトナを人質にすれば、ミスル軍は手も足も出ないはずである。

幕舎の帳を開けてヒルメスが闖入してきたとき、着飾ったフィトナは寝椅子に横たわっていたが、顔色ひとつ変えなかった。

「これはお美しくあらせられる」

平坦な声で、ヒルメスは賞賛した。

「だが、他人も自分も亡ぼす毒の花だ。ミスル国王に献上された平民の娘が、寵姫ならまだしも、女王だとは笑わせてくれるな」

フィトナは侍女たちを退がらせた。

「お口だけは、あいかわらずお達者なこと」

「何だと」

「混乱にまぎれてのことなれど、わたしはこのようにミスル一国を手にいれました。なのに、智勇兼備を誇っておられるあなたは、従者ひとりさえしたがえておられません。むだに血を流しただけではございませんの」

「………」

「お怒りになりまして？」

「怒る気にもなれぬわ」

ヒルメスの声には、怒りと徒労感がある。ミスルでの月日は、最初は野心と実績で充実していたが、ただ一歩のつまずきが、すべてを無に帰せしめた。無益な期間であった。

ヒルメスはフィトナに手をのばした。彼女は腰を浮かせかけたが、ヒルメスはおかまいなしに、鶏の丸焼きをつかんでかぶりつき、葡萄酒の瓶に直接、口をつけて飲み下した。ひと息ついて、さて問う。

「パルスの地理を知っておるか？」

「地図もあり、案内人もおります」

「あぶなっかしいことだ」

ヒルメスはあざけった。

「では、あなたに案内していただきましょう」

「何をいうかと思えば……」

「客将軍(アミーン)クシャーフル卿として、わたしに先行してください。騎兵五百をあずけます。わたしの軍隊を、正確にエクバターナへおつれくだされば、報賞は出します」

ヒルメスは赫(かっ)となった。この女がおれに報賞を出すだと!?

V

「そこまで増長したか、小娘」

「おや、増長したなどと。功に対しては正当な賞をあたえるのが当然、と、以前おっしゃったのは、あなたさまですのに」

ヒルメスは返答に窮した。そんなことがあっただろうか。

フィトナは笑った。一瞬、ヒルメスがたじろいだほどの妖艶さである。

「あなたにも、わたしにも、異性を見る目がなかった。でも……」

フィトナの笑みが、ぬぐったように消えた。

「思えば、一度別れたからとて、二度と手を組まぬという法もありますまい」

「さかしら口を」

「いかが？　パルスはルシタニアに蹂躙されましたけど、まだまだ充分に肥え太った甘美な餌物。協力してくだされば、あなたさまにもたっぷり取り分はございます」

ヒルメスは、すこしのあいだ沈黙していたが、突然、べつの質問をした。

「そなたの兵力は、どのくらいだ？」

「五万でございますけど」

「五万か……」

ヒルメスは顎に手をあてた。兵は多いほどよい、十万はほしい。だが、兵力と戦力とは別物だ。兵の質と、何より指揮官の力量が重要だ。テュニプに敗れたときのヒルメスは、たしかに増長していた。

「テュニプは、パルス軍に討ちとられたと聞くが……」

「武運つたなく」

ヒルメスは眉をしかめた。テュニプのやつは、彼が一刀で首をはねとばしてやりたかったが。

「いっておくが、アンドラゴラスめは、おれほど甘くないぞ。そなたが口を開くと同時に、豪剣でまっぷたつにされるやもしれぬ。せいぜい用心することだな」

声のない笑いが、フィトナの反応だった。

アルスラーン軍は王都の城壁に拠って籠城する。

アンドラゴラス軍のそうした計算は、一日にして潰えた。あるときは城門を開き、あるときは秘密の通路を使い、アルスラーン軍は突出して敵を積極的に攻撃してきたのである。

「待っていても、どこからも援軍は来ない。こちらからしかけて敵に損害をあたえるのだ。もともと烏合の衆。偽アンドラゴラスの軍が不利となれば、秋に木の葉が散るがごとく四散する」

アルスラーンは告げた。亡きナルサスの一言一句を想い出しながら。

「偽アンドラゴラス」と言い放ったときの表情の強さは、諸将を奮いたたせた。この、王家の血など一滴もひかぬ若者こそ真の国王であり、自分たちの主君である、と、ひとしく彼らは信じた。

四月二十日には、ザーブル城の攻略の事後処理をすませた王国会計総監パティアスらも北方からエクバターナに帰還した。そして翌二十一日には、エクバターナ攻防戦の最初の実戦が開始される。メルレインのひきいる騎兵二千が、西の城門から突出してアンドラゴラス軍をおそったのだ。

メルレインは弓を鞍にかけた。腰間の剣が鞘走って、光と音が死の前奏曲をかなでる。敵兵の手首が直刀を持ったまま、宙にはねあがり、甲が斬り裂かれて血を吐き出した。

「死ぬか逃げるか、選ばせてやるぞ」

メルレインは敵兵をあざけった。妹の死後、彼は平時にはいっそう無愛想になり、戦場においては勇猛をとおりこして無謀なほどだった。まだ二十四歳の若さは、怒りと責任感のはけ口を求めつづけている。

さんざんアンドラゴラス軍を蹴散らすと、メルレインは一刻も戦わずに、風のごとく城内に引きあげた。大軍を対手の一撃離脱戦法である。

アンドラゴラス軍が主力を西へ移動させているさなか、今度は東門が開いて、ファランギースの二千騎が突出してきた。こちらには四眼犬と有翼猿鬼が待ち受けていた。一頭の四眼犬が牙をむいて女神官に躍りかかる。

四眼犬(シエムル)は空中で胴を両断され、血と内臓をまき散らしながら地に落ちた。異様な臭気が周囲にたちこめる。

ファランギースは柳眉(りゅうび)をひそめた。

「斬るのは、やめたほうがよさそうじゃな」

彼女は剣を鞘におさめ、弓を手にした。矢をつがえる。もちろん、芸香(ヘンルーダ)を塗りこめた矢である。

兇猛な咆哮(ほうこう)をあげて、二頭めの四眼犬(シエムル)が地を蹴った。その鼻面(はなづら)に、風を裂いて鏃(やじり)が突き立つ。

宙からは有翼猿鬼(アフラ・ヴィラーダ)たちが醜悪な雲となって降下してきたが、整然たる矢の幕にはばまれ、つぎつぎと地上へ墜ちていく。

アルスラーンは、ダリューンとエラムにはさまれ、城壁上から戦闘をながめていた。ザッハークの眷族たちが、最初から戦闘に参加するとは、じつのところ意外だった。アンドラゴラスは、自分の正体を隠すため、最初は人間の兵士だけで戦うと思っていたのだ。

アルスラーンは考えつづけていた。

「なぜ有翼猿鬼(アフラ・ヴィラーダ)や鳥面人妖(ガブル・ネリーシャ)には、子どもがいないのか？」

考えたこともなかった。親がいるなら、当然、子もいるだろう。だが、とらえた者も、殺した者も、子どもは一匹もいない。かつてカトリコス王の御宇に、大きな巣を襲撃したことがあったというが、そのときも、子どもも卵の類も発見できなかった、と記録されている。

ナルサスはいつからその点を気にかけていたのだろう。とにかく、彼はそのことをアルスラーンに正確に伝えようと考えて、別行動をとり、結果としてヒルメスの手に斃れたのだ。よほど重大な件であったのだろう。

「女神官どの、あいかわらずあざやかですな。そろそろ引きあげるようです」

ダリューンが告げると、エラムが応じる。

「今度はイスファーン卿が出るようですよ」

西に移動しつつあったアンドラゴラス軍がまた東へもどったところで、この日の戦いは早めに終わった。

「私は考えた。ナルサスは私に何をいいたかったのだろう。考えて考えて、ようやく結論らしきものを得た」

アルスラーンはひと息ついて、水を飲んだ。夕食と作戦会議をかねた席上で、諸将が顔をそろえている。

「蛇王ザッハークとその眷族は、親から生まれたものではない。つくられたものだ」

諸将はざわめいた。かつて十六を算（かぞ）えた席は九にへり、ギーヴはまだ還らず、顔ぶれがずいぶん寂しくなっている。

「ザッハークの眷族どもだけでなく、ザッハーク自身もでございますか」

声の主は美しい女神官で、他の諸将は愕然として彼女に視線を集中させた。アルスラーンも例外ではなかった。

「ファランギース、そなた、察していたのか」

「察するとまではいきませぬが、疑（うたご）うてはおりました」

「理由を教えてくれ」

ファランギースは一礼した。

「おおせにしたがって、申しあげます。蛇王ザッハークについて、もろもろの伝承や説話がございますが、彼の出生について語ったものが、ひとつもございません。そもそも、千年も生きていた、ということ自体、ありえないことでございましょう」

「たしかに」

「わたしの考えるところ、亡きナルサス卿はそのことに気づいて、陛下に告げようとなさり、そこを銀仮面に急襲されたものと存じます」

「銀仮面の畜生め！」

大きく声をあげたのはメルレインで、乱暴に麦酒(フカー)の大杯をあけた。

アンドラゴラスの本営では、彼が、ファランギースの放った矢を吟味していた。

「いかに芸香を用いようと、予(よ)は斃せぬ」

ザッハークは嘲笑した。

「予の臣下どもを殺せるだけ。死ねば、またつくればよい。無益なことよ」

とはいえ、アルスラーン軍の強さに、アンドラゴラス軍はたじろいでいた。イスファーン、メルレイン、パラフーダなどは、一日に二度も三度も出撃して、アンドラゴラス軍に打撃をあたえた。

アンドラゴラスは正体を隠したまま、陣頭にも出ず、戦いを見物していた。人間の兵士どもは死に絶えてもかまわず、その後、ザッハークの眷族どもをもって本格的な攻城を開始する気であるかもしれなかった。

四月二十五日、おどろくべき人物が、アンドラゴラスの本営を訪れた。高貴な女性であることに兵士たちはおどろいたが、正体を知ったら、それこそ仰天したであろう。前王妃タハミーネであったからだ。アンドラゴラスがバダフシャーンから呼びつけたのである。というより、拉致にひとしかった。

美しくはあれど、灰色の石像さながらに無機的である。アンドラゴラスは、冷たく乾いた笑声で「妻」を迎えた。

「おう、あいかわらず美しいの。だが、ちと顔色が悪いようだ」

「………」

「どうした、ひさびさの夫婦の再会だ。すこしは笑っても損はあるまい。王妃に座を」

タハミーネは「夫」に劣らぬ冷たさで応じた。

「あなたはアンドラゴラス王ではない」

「ほう、それは、愉快な意見だ」

アンドラゴラス、その実は蛇王ザッハークは笑ったが、その声は石と石をこすりあわせるようなひびきを持っていた。その声に圧倒されたように、タハミーネは座に着いたが、かたくなに沈黙している。

その態度におかまいなしに、アンドラゴラスは葡萄酒(ナビード)をあおったが、そこへカーゼルンが参上して、何やらささやいた。

「つれて来たか」

「御意」

「よし、では母娘の対面をさせてやろう」

薄い笑いを浮かべて、アンドラゴラスはカーゼルンに合図した。

カーゼルンが兵士たちに命じてつれて来させたのは、短髪長身、身の丈より長い棒を持った若い女性であった。

蒼白だったタハミーネの顔に、血の色がさした。

「おお、レイラ、レイラ」

タハミーネは半ばよろめきつつ立ちあがり、レイラに歩み寄った。

レイラのほうは、たたずんだまま動かない。九割がたは無表情だが、のこる一割に当惑の色がある。かつてのレイラの頭脳と心情が、そこにわだかまっていた。

「レイラとやらが傍にいるかぎり、タハミーネが逃げ出す恐れはないな」

「御意」

「よし、これでアルスラーンめは、両親を敵にまわすことになったわけだ。どの面さげて、王都の城門の上に立つか、見物してくれようぞ」

アンドラゴラス、その実、蛇王ザッハークは、悠然として哄笑した。いくら負けても、彼が激怒しないので、貴族や領主たちは内心、安堵していたが、ザッハークにしてみれば、血が流れさえすれば、どちらの血であろうとかまわなかったのである。

「タハミーネ、予といっしょに陣頭に立て」

ザッハークは床几(ケタル)から立ちあがると、タハミーネの手首をつかんだ。歩き出そうとして立ちどまる。タハミーネがその場を動こうとしないからであった。

「どうした、来んか」

「いやです」

「いやだと？　ふん、まさか、この期におよんで慈母(じぼ)ぶるつもりではあるまいな」

「わたしはあの子に母親らしいことは何ひとつしてやりませんでした。思えば、あの子に罪はないものを、わたしは憎んで……悪いことをしました」

「どうしてもいかぬか」

「ええ」

「そうか、ではもう汝には用はない」

ザッハークの鞘が鳴った。風が起こり、血の匂いがたちこめる。いなずまと化した豪剣は、タハミーネの右肩から左胸にかけて、鮮血の帯を描いた。

「レイラ……レイラ……わたしを母と呼んでおくれ……」

雷に打たれたごとく、レイラはタハミーネの血をあびて立ちすくんだ。レイラに両手を伸ばした姿勢のまま、タハミーネは血の泥濘にくずおれる。

「王妃さま！」

目がさめたように、レイラは長い棒を放り出し、タハミーネを抱きおこそうとする。アンドラゴラスの剣が、ふたたびうなった。

レイラの頭部は胴体から切り離されて宙を飛び、ハルボゼ（メロン）のように地面に落ちて音をたてた。首をうしなった身体は、傷口から血を噴出させ、痙攣させ、しばらくしてまったく動かなくなった。アンドラゴラスは、ことさら音をたてて豪剣をおさめた。

「役立たずの女どもめが」

一片の慈悲もなくいいすてると、アンドラゴラスこと蛇王ザッハークは、踵を返してその場を去った。とりのこされた貴族諸将は、しばし茫然としていたが、さすがに前王妃の遺体を放置しておくわけにはいかず、穴を掘り、ふたりの遺体をいっしょに埋葬した。

不幸なタハミーネは満足したであろうか。

VI

連日、戦いはつづいた。アンドラゴラスが王妃ともうひとりの女性を手ずから殺したことは、城内には知られなかった。

パルス人どうしの戦いである。

数の上では反アルスラーン派がまさったが、アルスラーン派は戦いに慣れている上に、イスファーン以下、憤激に燃え、戦意の点で比較にならなかった。

アルスラーン軍が突入してくると、一、二度衝突した後、退きさがってしまう。そのまま脱走してしまう者もおり、アンドラゴラス軍の諸将は頭を悩ませた。

「この醜態は何だ？」

アンドラゴラスに、妙に静かな口調で詰問されて、カーゼルンは慄えあがった。タハミーネとレイラを、虫でも殺すように殺害したアンドラゴラスを見て、後悔したがすでにおそい。

「面目ございません。総攻撃をかけます」

いったからには実行しなくてはならない。

「ヤ、全軍突撃！」

カーゼルンは叫び、左右に展開した騎兵たちを突進させた。八百の騎兵はそれに応え、喚声とともに馬蹄で地を蹴り、風を巻きおこした。

唯一の例外は指揮官自身である。カーゼルンは頭上で剣を舞わして命令を下しながら、自分はその場を動かず、わが身だけの平和を追求するかまえだった。

パラフーダとイスファーンとメルレインは、顔を見あわせて、敵に対する冷笑をかわしあうと、すばやく攻撃に出た。

メルレインは弓をかまえ、密集した騎馬集団に、たてつづけに三本の矢を放った。ひとりが額に、ひとりが咽喉に、ひとりが胸に、矢を受けて馬上からもんどりうつ。戦塵が紅くいろどられ、風に吹きちぎられた。

イスファーンは、「全軍突撃！（ヤシャスイーン）」と号令をかけると、カーゼルンと正反対の行動をとった。みがきあげた長剣を鞘から抜き放つと、部下たちのだれよりも先に乗馬を躍らせる。

数本の矢が飛んできたが、イスファーンの盾をつらぬいたものは一本もなかった。敵味方双方の馬群が衝突した瞬間、イスファーンの剣が日光を反射し、ひとりの左肩から胸まで斬りさげた。

ふたりめの敵が勇敢にも斬りかかってきたが、イスファーンの盾で地上に突き落とされ、馬蹄に踏みつけられた。三人めは一合だけ刃をまじえたが、胸の中央をつらぬかれて、馬上からもんどりうつ。

そのときすでに、パラフーダも敵中に躍りこんでいた。左から突きこまれてきた槍の柄を空中に斬りとばし、盾でなぐりつける。右からの斬撃をかわしざま、対手の伸びきった腕を手首から肘まで斬り裂いた。

「なかなか出番が来んな」

城壁上でクバードが伸びをし、自分の肩をたたいた。キシュワードが応じる。

「おぬしの出番はまだまだ先だ。いまのところ、死傷者はこちらの一に対して敵は五から六」

クバードはたくましい肩をすくめた。

「ダリューンよ、おぬしが殺しつくしてしまったので、ルシタニア軍にもチュルク軍にも、ろくな勇者が残っておらんわ」

「私の力など、わずかなもの。クバード卿のお相手ができる者は、まだまだおりましょう」

クバードは、右眼でじろりと後輩を見やった。

「そうあってほしいものだな。だが、束になっても、おぬしの対手ひとりにはおよぶまいよ」

クバードの真意を、ダリューンはさとった。クバードが暗示しているのはヒルメスのことだ。全身が引きしまるのを、黒衣の騎士は感じた。

キシュワードの予言は外(はず)れた。

「陣頭にイルテリシュがあらわれました!」

報告した者はフヴォイといって、ペシャワール以来、クバードの麾下(きか)ではたらいていた百騎長だった。歴戦の男だが、顔はひきつり、声はふるえている。

パルス軍の陣列に躍りこむと、イルテリシュはトゥラーン語の雄叫びをあげた。それは勇壮をとおりこした兇猛なもので、パルス兵たちは思わず青ざめ、馬たちでさえたじろぐほど、雷鳴さながらにひびきわたった。

パルス軍の反応におかまいなく、イルテリシュは喜々として殺戮を開始した。トゥラーンの直刀が、遠雷のようなうなりをあげて、一閃の横撃でふたつの首を宙に飛ばす。血が雨となって大地をなぐりつける。

イルテリシュは騎馬で、ひきいているのはチュルク兵である。ごく薄いが、ザッハークの血を分配されており、すくなくともイルテリシュの命令には従順だった。アンドラゴラス軍より強悍(きょうかん)で、パルス軍と互角に渡りあった。首が飛び、脚が落ち、血は宙で渦を巻いた。

アンドラゴラス軍は奮いたっただろうか。その逆だった。カーゼルンの部隊はダリューンに追いつめられ、潰走寸前であった。

カーゼルンは馬からころがり下りた。燦爛たる黄金の冑を、あたふたとぬぎすて、軍衣に土塵をなすりつけた。それでも宝石づくりの剣だけは手放さない。

彼は巨体をゆすって、七、八歩走った。そこで息が切れる。立ちどまろうとして、足がもつれた。そこへ馬蹄が鳴りひびいて、カーゼルンの目に映ったのは、返り血をあびて、夕陽をまとったかのようなダリューンの姿だ。

「みぐるしいぞ、カーゼルン、投降しろ」

「ひいい……」

「きさまは利用されただけだ。陛下もそのことは充分にご承知。赦してくださるだろう。剣をすてろ」

だが惑乱したカーゼルンは、「うわあああ」と咆えると、剣をかざして立ち向かってきた。ダリューンは説得を断念した。かわりに、カーゼルンを一撃に斬りさげたのである。鋭く、重く、迅速く、力強い無慈悲な鋼の刃は、カーゼルンの脳天を断ち割り、一気に腹部まで達した。

ダリューンは血の雫を振り落とし、カーゼルンの死体に一瞥もくれず、周囲の戦塵を見わたした。

「もっと張りあいのある敵はおらぬのか。イルテリシュがいるなら出てこい！」

そう叫んで、ふと、ダリューンは奇妙な感覚にとらわれた。イルテリシュ以上に運命の不吉な糸で結ばれた敵手が、彼にはいる。いわずとしれたヒルメスである。まさか、この戦場にヒルメスが存在するはずはないが、ダリューンの嗅覚と、それ以外の何かが、ヒルメスの存在を察知した。

合理的な説明は、つけようもない。だが、殺意を燃やしてヒルメスが近づいてくる。そのことをダリューンは確信した。

「彼奴（きやつ）、いつ、どこから来るか」

もしかして、アンドラゴラスの軍中にいるのか。だが、それは考えにくい。あの矜持（きようじ）高いヒルメスが、たとえ方便であっても、アンドラゴラスの下につくとは考えられなかった。まして偽者の下に……。

突然、戦場の一角に喚声がわきおこった。ダリューンはその方角を見やったが、距離があるのと戦塵のために、見とおすことができなかった。

「そろそろ陛下のおんもとへ帰らねば……あれはキシュワード卿のいる方角。いまいましいが、彼にまかせておこう」

ダリューンは馬首をめぐらした。

そのときの彼は、知る由もなかったが、喚声があがったのは、たしかにキシュワードの近くだった。右手の指をうしないながら参戦していた千騎長シェーロエスが、イルテリシュの手にかかって最期をとげたのである。

シェーロエスがイルテリシュに討ちとられたことで、パルス軍は動揺したが、総くずれにはならなかった。いまひとりの千騎長パラザータが叫んだ。

「退け、道をあけろ、狂戦士とまともにやりあうな。亡き軍師どののご指示ぞ！」

亡きナルサスの指示。この台詞は、イルテリシュを避けてその凶刃から逃げ出す正当性を、パルス兵にあたえた。彼らは右へ左へと、散開して逃げたが、血走った目のチュルク兵に追われ、追いつかれ、刃をまじえざるをえなかった。そして、これまでとうってかわった苦戦を強いられた。多少の傷を負っても、チュルク兵は退かず、流れる血も無視して、斬撃と刺突を送りこんでくる。味方の死体を踏みこえて闘いつづけるのだ。

キシュワードの感情としては、シェーロエスの仇を討つためにも、生命がけでイルテリシュと再戦したいところであったが、彼には激情をおさえる自制心があった。左右の双刀をたくみにあやつって部下を進退させるとともに、イルテリシュを避けてチュルク兵を斬り殺し、討ちはたしていく。チュルク軍の戦力を削ぎ、ザッハークの眷族どもとの連係をはばむのが、キシュワードの任務であった。

アンドラゴラス軍が八万、チュルク軍が三万、ザッハークの眷族は、その数も知れず。それが反アルスラーン派の総兵力である。一方、アルスラーン派は七万。それにエクバターナの城壁。

アルスラーン派にとって恐るべきは、イルテリシュと彼のひきいるチュルク軍であった。事態が一挙に悪化したことを、諸将は憂鬱(ゆううつ)に納得せざるをえなかった。

Ⅶ

城壁上に舞いおりた三匹の有翼猿鬼(アフラ・ヴィラーダ)は、ほとんど一瞬で死体と化していた。ダリューンの戟が、彼らの生命をうばったのだ。空からの敵はクバードが、地上の敵はキシュワードが、それぞれ分担して討ちへらしていくため、ダリューンは大将軍(エーラーン)としてアルスラーンの傍で戦況を見守るのが本来の役目である。

ところがこの大将軍は、一個の戦士としての気性が強いため、自分自身が武器をふるって闘いたい。今日も出陣して戦い、いったんもどってはきたが、カーゼルンの首ひとつや三匹の怪物ていどでは、ものたりないこと、はなはだしい。

アルスラーンが笑った。

「ダリューン、ダリューン、いずれ、おぬしの出番が、かならず来る。有翼猿鬼(アフラ・ヴィラーダ)ごときで刃を汚(けが)すな」

「おそれいります」

「……さて、敵はこのまま攻撃をつづけるつもりかな」

「夜にはいれば、何かしかけてまいりましょう」

「市民のようすは？」

　エラムが答える。

「いまのところ平穏でございます」

「そうか、それはよかった」

　地上ではついにクバードの出番が来て、隻眼の猛将がつぎつぎと死を産(う)み出している。クバードの大剣がうなりをあげると、有翼猿鬼(アフラ・ヴィラーダ)の首が、大きく口を開いたまま吹き飛んだ。結果を見向きもせず、クバードは馬首をめぐらし、背後にせまっていた有翼猿鬼(アフラ・ヴィラーダ)の片翼を地上にたたき落とす。ついで大剣を宙に突きあげ、頭上からおそいかかろうとした有翼猿鬼(アフラ・ヴィラーダ)の胴体を、下から上へつらぬいた。

　煮えたぎる毒血が、雨となって降りそそぐのを、たくみに乗馬をあやつって回避する。幾滴かの毒血が甲冑にあたって煙を噴きあげたが、当人は無傷のまま、四匹めの怪物の首をはね飛ばし、五匹めの顔面を突きくだいた。

クバードが毒血の雨をかわしつつ闘っている間に、パラフーダは、とんでもない大物と出くわしていた。

「あれが蛇王ザッハーク……」

パラフーダはアンドラゴラスの顔をほとんど知らない。だが、いまやアンドラゴラスは正体をあらわしていた。左右の肩の上で揺れているのは――あれはまちがいなく蛇だ。自分を白髪にした蛇王に向けて、パラフーダは、馬腹をひとつ蹴ると、領主連合軍のただなかに躍りこんでいった。

突き出される槍の柄を斬りとばし、返す一撃、敵の右腕に刃を振りおろす。

血の匂いがたちのぼる。

くり出される刺突をはねのけ、逆襲の斬撃をたたきこむ。自分でもおどろくほど、彼の剣技はさえわたった。

「パリザード、見ているか？　おれは、すこしは強くなったぞ」

シンドゥラにいて安全であろう愛人に、パラフーダは呼びかけた。敵も味方もなく彼を愛してくれたパルス人の女性に、たまらない慕情をおぼえた。そして、自分がルシタニア人でなくルシタニア系パルス人であることを、はじめて心底から誇りに思った。

「き、きさまが蛇王か……？」

かたい声で呼びかけたが、返答は得られなかった。

パラフーダは剣をいったん鞘にもどすと、弓を手にした。たてつづけに三度、弓の弦が鳴りひびく。放たれた矢のうち、一本はザッハークの豪刀で切断された。一本はそれて空中を飛び去った。だが一本は、ザッハークの右肩に生えた蛇の頭に命中した。

「やった！」

パラフーダは思わず声をあげた。蛇は苦悶したようにのたうったが、ザッハークは左手を蛇の頭にのばし、矢をつかんで、むぞうさに引きぬいた。

蛇は憎悪の目でパラフーダをにらみつけると、かっと口を開き、緑色の毒液をパラフーダに向けて吐き出した。

パラフーダは回避したが、完全ではなかった。毒液が甲冑や手に煙をあげ、乗馬の長い頸から広い胸を侵した。馬は苦痛と恐怖のいななきをあげ、いきなり棹立ちになる。パラフーダは自分の傷の痛みもあって、馬を馭しそこねた。鞍から放り出され、かろうじて受け身をとって立ちあがる。

チュルク兵の直刀が、パラフーダの背中に突き立った。激痛がはじける。

「うむッ」

うめいたパラフーダは、振り向きざまに剣を一閃させる。直刀をにぎったままの敵の右手を、ななめに斬り落とした。チュルク兵は絶叫をあげてよろめく。あらたなチュルク兵が槍を突き出し、パラフーダの左の肩口を刺した。パラフーダは、死の足音を耳の奥に聞いた。それは速い足どりで彼の心臓へと近づいてくる。

「これまでかな」

パラフーダはつぶやき、それがルシタニア語であることに気づいて、にがい笑みと血の泡を口辺にたたえた。自分を刺したチュルク兵に向けて剣を投げつけると、うなりを生じて剣は飛び、敵の咽喉（のど）に吸いこまれた。敵が斃れるのを見ながら、肩に刺さった槍を引きぬく。

「どうした、あと二、三人は相手になってやれるぞ」

今度はパルス語であえぐ。血に飾られたその姿を見て、チュルク兵たちはもてあました。

「どうせこやつは死ぬ。放っておけ」

だれかがいうと、チュルク兵たちは、耐えかねて膝（ひざ）をついたパラフーダを放置して走り去った。視界が暗くなる。と、女性の声が聞こえた。

「パラフーダ卿！」

「おお、ファランギースどのか」

言葉を血の流れに乗せながら、パラフーダはあおむけに倒れた。

「お願いがござる」

「何なりと」

「パリザードに伝えてくだされ……お前はいい女だった、と……」

「たしかに」

パラフーダは、安心したように、永遠に呼吸をとめた。


すでにメルレインは三十本の矢で三十人の敵を射殺し、一本の剣で十四人を討ちはたしていた。領主軍の将兵にとっては、彼のほうこそ人間とは思えなかった。メルレインは単にゾット族の族長というだけでなく、ゾット族史上最強の戦士であることを証明していたのだ。

「包囲して一気にかかれ！」

敵にしてみれば、近づけば剣の餌食となり、遠ざかれば矢の的になる。判断しかねているうちに、キシュワードの双刀とメルレインの矢が、死をつれておそいかかってくる。

さらに十数個の死体を残して、アンドラゴラス軍はひるみ、だれかが「ここは退け」と叫ぶと、先をあらそって逃げ出した。

メルレインは軽蔑の身ぶりをしめすと、キシュワードに、矢の補充をしてくると告げ、いったんエクバターナの方向へ走り去った。

キシュワードがひと息いれたとき、太く、重量感のある声が背後からひびいた。

「さすがパルス王家の忠臣よな。ようも、わが兵士どもを殺してくれたわ」

反射的にキシュワードは振り向き、双刀を十字形に交叉させた。豪刀が、うなるというより咆えるような音をたてて落下し、双刀の一本をたたき折った。

「ちっ」

キシュワードは舌打ちとともに、折れた剣を投げすてる。残る一本の剣をにぎりなおした。すでに対手の姿は確認している。

アンドラゴラスが哄笑(こうしょう)する。

「気の毒だな！　双刀将軍(ターヒール)が単刀将軍(カムヒール)になりさがったか」

キシュワードのかつての主君は、血に餓えた目を獲物にすえ、ゆっくりと豪刀をかまえなおした。

第四章　惨戦

I

キシュワードは完全に身体の向きを一回転させると、力いっぱい剣を突き出し、とっさに対応できずにいる敵兵の胸甲をつらぬき通した。

「む……」

うめいたのは、キシュワードのほうである。剣が深く敵の身体にくいこみ、刃が胸甲の割目にからまったため、剣が引きぬけなくなったのだ。

「ほほう、今度は単刀将軍(カムヒール)が無刀将軍(バラヒール)になったか」

アンドラゴラスは嘲弄をはためかせた。

「笑わせてくれおる。剣から手を放すなよ。その姿のまま斬りすててくれるからな」

だが、つぎの瞬間。

「うおっ⁉」

アンドラゴラスは豪刀を顔の前でふるった。いずこからか風を切って飛来した矢は、まつぷたつになって地に墜ちた。

女性の声がひびいた。

「キシュワード卿、いったんお退きなされ」

「ファランギースどのか」

「双刀将軍の称号に恥じるような死にかたは、陛下がお赦しになりませんぞ」

「うむ……」

キシュワードはうめいた。無刀のところを斬りきざまれたとあっては、たしかに先祖に恥ずかしい。ここは退いて、再戦をいどむべきであろう。

「女に救われたか、キシュワード」

アンドラゴラスの両眼に、邪悪で、しかもこの期に、好色のゆらめきが浮かんだ。馬上、弓をかまえたファランギースを凝視して、太い声で呼びかける。

「女、名は何と申す」

「ファランギース」

「名もまた佳い。予の寵愛を受けるにふさわしい名だ。武器をすててひざまずけば、予の後宮に入れて、王子を産ませてやってもよいが」

ファランギースは一蹴した。

「死んでもおことわりじゃ」

「ほほう……では、その矢を予に向けてみるか」

「矢が惜しい。それに、そなたを討ちとるのは、アルスラーン陛下のお役目。臣下として出すぎた所業はせぬ」

馬首をひるがえすと、ファランギースは、風のごとく駆け去った。矢を射る暇もあたえず。

「こざかしい女め」

気がつくと、キシュワードの姿も消えている。アンドラゴラスは顔じゅうに烈火をたぎらせた。

あらためてアンドラゴラスは憤怒と戦意の咆哮を発し、馬腹を蹴った。アンドラゴラス派というより反アルスラーン派の将兵は、あわててそれにしたがう。この軍は、総帥がもっとも強く、たけだけしい。アンドラゴラスの豪刀は、むらがり寄る敵の軍列を、力まかせにたたきつぶし、断ち割った。

アンドラゴラスの斬撃で、パルス兵の盾はまっぷたつに斬り裂かれ、その持ち主も、顔から腰まで両断されて血の驟雨を降らせる。

さらにアンドラゴラスが豪刀をべつの騎兵たちにあびせると、頭部が横一線に斬り裂かれ、上部だけが宙に飛ぶ。血の嵐の、これが始まりであった。

ヒルメスは駆けていた。

五百騎をひきいてエクバターナへ。正確には、ミスル騎兵たちがヒルメスの疾駆についていけなくなり、一騎また一騎と脱落していった。ミスル人は騎馬の民ではない。ヒルメスは、そ知らぬ顔で、彼らを見すて、異国の山中に置き去りにしたのである。彼らの生死など、ヒルメスの知ったことではなかった。

フィトナの目算はつぎのようなものだった。

最前、パルス軍に敗れたばかりのミスル軍が、間をおかず侵攻するとは、パルス軍は思っていないであろう。その心理的間隙をつく。また、西からエクバターナを攻撃するのが普通だが、北または南へ迂回して東にあらわれ、そこで堂々と「アンドラゴラス王の実子」たるを宣言する。王家を尊崇する民衆は、彼女をあがめたてまつり、パルス最初の女王としてひれ伏すにちがいない……。

「話だけ聴いていると、失敗の余地がないようだな」

皮肉にヒルメスは考えた。ディジレ河の水戦でテュニプに敗北した経験が、ヒルメスに、自信過剰の危険さを教えた。自分が何かたくらんでいると、他人も何かたくらんでいる、という可能性を看過してしまう。ヒルメスの謀画が成功していれば、彼はいまごろ南北五百ファルサングにおよぶミスル＝ナバタイ新王国を支配していたはずであった。

「しかし、それにしても……」

フィトナがアンドラゴラスの落胤だ、などというよた話を、だれが彼女に吹きこんだのだ？　信じるフィトナもフィトナだが、何者の口車に乗ったのか。

ヒルメスは頭を振った。フィトナなど、もうどうでもよい。野心の底無し沼に沈んでしまえ。冷然とそれを見とどけてやる。

そう思いながら、ヒルメスは、チュルク国ですごした三年の月日を想い出した。このように心がささくれだったときには、彼の火傷の痕をなでて涙を流してくれたあの女に逢いたかった。ヒルメスが永久にうしなったものは、あまりにも大きかった。

「おやおや、何やら感傷的ですな、銀仮面の君」

ひびきのよい声が、ふざけた台詞でヒルメスを突き刺した。声の主を確認するまでもない。手綱を引き、馬をとめて、声のする方角をにらむと、たちまちギーヴの姿を見出した。

矢の射程ぎりぎりの崖の上に馬を立てているのが、こづらにくい。だがヒルメスにはヒルメスなりの毒舌がある。

「へぼ画家のつぎは、へぼ楽士か。何をへらへら笑っているか知らんが、自分の葬式の歌でもつくっていろ」

ギーヴは真剣な溜息をついた。

「まさか、芸術で、宮廷画家どのと同列にあつかわれるとはなあ。おぬしも、よほど芸術を鑑賞する才能がないと見える。生きていても愉しくなかろう」

「ほざけ！」

ヒルメスが吐き出す。ギーヴの反応は意外だった。

「いますぐ、エクバターナへいけ」

まじめな表情である。

「いかねば一生、後悔する」

「なぜだ」

「それは、いってみねばわかるまい」

くだらぬ会話を打ち切ろうとして、ヒルメスが弓に手をやる。しかし、弓ならギーヴの技倆が上である。

ヒルメスはうめいた。ギーヴのいうとおり、すぐエクバターナへと疾るか。それを無視して、フィトナのもとで臣下として生きていくか。

結論はすぐに出た。あつかましい宮廷楽士が何をもくろんでいるか知れぬが、何の根拠もなくエクバターナへいかせようとしているのではあるまい。このままフィトナの下ばたらきで終わる気など、ヒルメスにはなかった。

崖の上を見やると、すでにギーヴの姿はなかった。ヒルメスは、フィトナからあてがわれた五百の騎兵には一言もいわず、馬腹を蹴ってエクバターナへの道を走り出したのである。

五百のミスル騎兵はあわててヒルメスを追ったが、ミスル軍の騎兵は弱体で、騎手の技倆には天地の差がある。みるみる引き離され、未知の異国の山中で迷ってしまったのは、とんだ災難であった。

ギーヴはといえば、ヒルメスの前から姿を消すと同時に笑顔も消し、ミスルの本軍めざして疾駆していた。

半日をかけて、ギーヴは、目標とするものを発見した。三角形の軍旗をかかげたミスルの本軍である。その数、五万。大部分が歩兵で、騎兵はせいぜい三、四千。そのかわり、五百輛(りょう)もの戦車(チャリオット)がそろっている。

崖の上からギーヴは目をこらした。彼の視線は、軍列の中央に位置する一輛の戦車の上にとまった。

ギーヴは黙然として弓に矢をつがえた。

「ギーヴ卿、三本の矢でミスル軍を退かしむ」

の故事である。

弓弦が死の曲をかなでた。一本めの矢は戦車を牽く四頭の馬の一頭、その馬の左目をつらぬいた。二本めは馭者をつとめていた宦官ヌンガノの胸を射ぬいた。三本めは、暴走をはじめた戦車の豪華な席に坐していた「女王」フィトナの額に突き立ったのである。暴走した戦車は、他の戦車に激突し、片方の車輪がはずれて地をころがった。

数千の視線が見守るなか、片車輪となった戦車は、フィトナを乗せたまま宙を舞った。ミスル兵たちが見たフィトナの最期の姿。それは、額に細い角のように矢をはやした彼女が、空に向かって大きく両手をひろげた姿だった。その表情は、くやしげだったとも、さとったかのようだったともいう。五万の兵が一度に恐慌におちいったのだ。戦車は暴走のあげく道をはずれ、深い谷間へと転落していった。

「女を殺したくはなかったが……」

やや憮然としてギーヴはつぶやいた。

「アルフリードも殺された。悪く思うな。それに、お前のような女は、二度負ければ三度攻めてくるだろう」

弓をおさめると、ギーヴは馬をあやつり、断崖を駆け下った。

II

ミスル国の宰相グーリイが気づいたとき、周囲には十をこえるミスル兵の死体がころがり、自分の咽喉もとには、血に染まった刃が突きつけられていた。すべてギーヴひとりの仕業であった。

「ミスルの宰相だな?」

咽喉もとに、ちりりと痛みが走る。

「そ、そ、そうだ」

「すぐ軍隊をまとめてミスルへ帰れ」

「わ、わかった」

「二度とわが国の境を侵すな」

「わかった。そうする。虚言はつかん」

心の底からグーリイは誓った。

クシャーフルことヒルメスの出現以来、グーリイは幾人もの野心に流されて、浮かんだり沈んだりしていた。首をひねっている間に、孔雀姫(ターヴース)フィトナが女王を称し、だれも異をとなえなかったので、グーリイはあらためて、宰相に任じられた。

二度めのパルス遠征をフィトナ「女王」が宣告したとき、グーリイは仰天したが、制止する勇気はなかった。ミスル摂政となっても実感はなかった。

「宰相だの摂政だのと、よけいな夢を見るのではなかった。宮廷書記官長でもできすぎたくらいだったのに……」

グーリイは力なくつぶやき、ディジレ河の方角に沈みゆく黄銅色の太陽をながめやった。これからはじまるのは、単なる一夜ではない。国王不在の長い長い暗黒時代だ。グーリイの手におえる時代ではない。

「……まあ生命があるだけ、ましか」

グーリイはつぶやいた。ふと、宦官ヌンガノの姿を想い出す。女王とおなじ戦車に乗っていたため、殉死するはめになったが、そのほうが本人は幸せだったろう。そう思った。そして彼は正しかったのである。

ヒルメスがエクバターナ南方の丘陵地帯に駆けつけたとき。

芸香(ヘンルーダ)の清涼な匂いは、その何千倍にもおよぶ血の臭気にかき消されてしまっていた。

「何だ、これは……」

ヒルメスは茫然とした。土塵と血煙の彼方(かなた)に、エクバターナの城壁が薄赤く、そびえたっている。

エクバターナが、どこかの軍隊に攻められている。守るのはアルスラーンであろう。だが攻めているのは何者だ。

「はて、パルスの軍旗しか見えぬが……」

小首をかしげたものの、ほどなく思いあたった。かつてヒルメスがミスル国で画策したように、パルス国内の反アルスラーン勢力が、地方から王都に攻め上ってきたのだ。ヒルメスは昂揚し、身慄いした。

「しかし、だれが盟主なのだ」

目をこらすうち、チュルクの軍旗もちらりと見えた。さらに凝視すると、見おぼえのある姿が馬上に見えた。一瞬だけだが、忘れようはずがない。

「アンドラゴラス！」

ヒルメスは歯ぎしりした。五年前、アンドラゴラスをとらえたとき、有無(うむ)をいわさず殺しておけばよかったのだ。

ヒルメスは、戦場のどこかにいるであろうイルテリシュを避けて、アンドラゴラスに近づこうとこころみた。もはや殺しかたはどうでもよい。この大混乱でアンドラゴラスを殺さないかぎり、二度と機会がめぐってこないように思われた。

「アンドラゴラス！」

憎悪の声で呼びかけておいて、ヒルメスは馬を駆った。

この日、パルス暦三二六年五月一日。

「最後の戦い」と呼ばれる日に、戦略も戦術もなかった。ひたすら殺しあうだけである。

「エクバターナへいかねば後悔するぞ」

ギーヴの台詞を、ヒルメスは想い出した。このことだったのだろうか。いずれにせよ、ヒルメスには味方はひとりもいない。だれを斬ろうがおかまいなしであろう。

アンドラゴラス＝蛇王ザッハークの全身から放たれる瘴気は、周囲の兵士たちひとりひとりの身に沁みこんでいくようだった。一歩ずつ、一歩ずつ、兵士たちの表情から人らしさが薄れ、表情がとぼしくなり、目には暗い光が灯っていくようである。だが、本人たちはそのことに気がつかず、むしろ気分を昂揚させつつあった。

それはアルスラーン派の識るところではない。敵を弱兵として軽侮していたため、思わぬ苦戦を強いられた。ことが武略でなく、魔道に属するため、普通の読みでは対応できない。

漠然と想像していたのは、ファランギースぐらいのものであろうが、確信を持つまでには至らなかった。

「考えていても、しかたない。我々は自分にできることをやるだけだ」

アルスラーン派諸将は、それぞれに、思う存分、自分の武勇を発揮している。

キシュワードの双刀は、ふたつの半円を描くと、ふたつの人頭を宙に舞わせていた。血の驟雨の下をキシュワードの乗馬が流星のごとく駆けぬけ、その後、ふたつの人頭が地表に墜ちる。

「ザッハーク、出てこい！」

キシュワードは叫んだが、すさまじい喧騒のなかで、その声はかき消されてしまった。しかたなく、無謀におそいかかってくる斬撃と刺突を払いのけ、反撃をかさねて敵を撃ち倒すが、きりがない。

そのころ、戦場の上空を奇怪な物体が飛行していた。四匹の大柄な有翼猿鬼が、籠を綱で吊りさげ、その籠には傲然とイルテリシュが乗りこんでいる。直刀をかかえ、地上のよき獲物を探す目は、タカというよりワシのものであった。

その姿めがけて地上から数本の矢が飛んだが、ことごとく外れるか、イルテリシュに斬り払われてしまう。

「おうい、イルテリシュ」

悠々たる呼びかけの声を、クバードがとどろかせた。

血光がイルテリシュの両眼にみなぎった。たぐいまれな雄敵の存在をさとったからである。彼は大剣をひと振りし、籠から身を乗り出すようにして城壁を見おろした。

クバードの姿が視界に飛びこんでくる。イルテリシュは籠を吊りさげる綱の一本を、乱暴に引いた。引いた当人は、降下の合図のつもりである。

意図どおりに、籠は急降下した。真下に馬を立てていたパルス騎兵が、愕然としてあぎ見る。血のしぶきが四散して、首をうしなった兵士は馬上から転落する。空中からの斬撃で兵士を葬り去ったイルテリシュは、体重をころして鞍上に着地した。視ていた者すべてが蒼白になる。

「よしよし、そう来なくてはな」

クバードだけが快笑した。

クバードの大刀とイルテリシュの直刀が激突し、火花を散らすと同時に、身の毛のよだつような刃音をひびきわたらせた。その刃音だけで、人体が切断されてしまうかと思われる。

二頭の馬はすれちがったが、刃風の圧力でわずかによろめいたほどだった。両雄は馬首をめぐらして、ふたたび激突する。今度は馬体と馬体がまともに衝突した。馬たちは苦鳴をあげ、大きくよろめき、自分自身と騎手の体重をささえきれずに地に横転した。

馬が倒れる寸前に、クバードもイルテリシュも、鐙を蹴って宙に躍っている。地上で一転してはね起き、ふたたび豪刀をまじえあった。十合、三十合、五十合……いずれが劣るとも見えず、火花と刃音を連続させたが、チュルク軍がアルスラーン軍に押され、潰乱したという報せに、イルテリシュは舌打ちして踵をめぐらした。チュルク軍に打撃をあたえたのはゾット族であったが、メルレインは部下たちに命令した。

「どうせすぐまた攻めてくる。その間に武器を回収しろ」

メルレインは、好きなだけ矢を放つという戦いをしてこなかったので、こういうことに気がまわるのである。

ゾット族は酸鼻な戦場を小走りに歩きまわって、二千本あまりの矢と、百本をこす無傷の剣を回収した。メルレインは、矢を点検して、質がよいと思われるものを三十六本、自分のものにした。

矢筒に矢をいれながら、メルレインは「ゾットの黒旗」に視線を送り、亡き妹アルフリードのことを考えた。小児のころは、よく喧嘩をして、なまいきなやつだ、と思っていた。

しかし、むろん憎みあったことはなく、その死は深い哀しみと、喪失感と、犯行者に対する憎しみをかきたてたのだった。

城門の前に馬を立てたアルスラーンは、エラムら百騎ほどに守られていたが、キシュワード同様、この日の戦いの奇怪な性格を理解していた。ゆえに、よけいな指示はせず、観戦していたが、城内からあわただしくカーセムが駆け出してきて、身ぶり手ぶりをまじえながら城内のようすをうったえた。

「エクバターナ市民には、好きにさせよ」

アルスラーンは指示した。

「残る者は残る。逃げる者は逃げる。戦いが終わってから、もどって来ればよい」

「布告いたしますか？」

アルスラーンは、すこし考えた。

「いちおう、しておこう。彼らは自由だが、自由を保証するのが権力者の義務だ」

「かしこまりました」

「ナルサスの受け売りだよ」

アルスラーンは、さびしい笑みを浮かべた。もっともっと多くのことを、あの皮肉屋の画家から学びたかった。それは、むろんエラムもおなじこと、いや、おそらく、それ以上であろう。ナルサスの一番弟子はエラムと、アルスラーンは公認している。

指示を受けて城内へ駆けもどろうとするカーセムを呼びとめて、厳しく申しわたした。

「掠奪だけはさせてはならんぞ！」

III

「投降するなら、いまのうちだぞ。恩知らずども」

ダリューンが地に戟（げき）を立てると、刃から大量の血が流れ落ちて、持ち主の手をぬらし、土にしたたった。従兵が布ですばやく血をぬぐう。

黒衣の騎士は、黒衣の悪魔と化していた。その苛烈な打撃は、敵の甲冑も盾もたたき割り、破片を四散させ、血の匂いでダリューン自身の嗅覚までマヒさせた。

悪魔に近づくのを忌避した反アルスラーン軍は、弓箭兵を前進させて矢をあびせたが、ダリューンは身をかわしつつ戟をふるって、ことごとく矢をたたき落とす。二、三本がマントに突き刺さっただけである。それもふるい落とされて、ダリューンは、まったく無傷であった。弓箭兵のほうへ馬を進めると、彼らは悲鳴をあげて逃げ出す。

重く、長く、鋭い絹の国（セリカ）の戟は、黒衣の騎士の手中で旋風のように回転した。血の旋風である。人間の兵士も、有翼猿鬼（アフラ・ヴィラーダ）も四眼犬（シエムル）も、斬り裂かれ、突き刺され、なぎはらわれて、血と肉体をことごとく地上にたたきつけられていく。

彼が馬首を向けただけで、敵兵の集団は悲鳴をあげ、武器をすてて四散する。ダリューンは不快な気分になってきた。彼は多くの人間を殺したくて殺しているわけではない。蛇王ザッハークでもイルテリシュでも、敵の総帥級指揮官を討ちとって、この凄惨な戦いを終わらせたいのである。だが、この日、広大な血の戦野をいくら駆けめぐっても、そのような対手（あいて）にめぐりあわないのであった。

このとき、ダリューンは、ヒルメスが戦場に乱入してきたことをまだ知らない。ヒルメスが後悔するか歓喜するか、まだ、だれも知りえぬことであった。

猛威をふるっているのはダリューンだけではない。

「イルテリシュ！」

叫びながら、キシュワードは敵中を疾駆していた。生涯最大の雄敵に再会したら、刺しちがえても斃（たお）す。左右二本の剣は、持ち主の意思を分かちあたえられたかのごとく、上下に、左右に、前後に、風をおこし、その風に血をのせて八方にまきちらす。

この日の戦いには戦略も戦術もない。キシュワードはそのことをよく理解していた。個人の武勇と、その場かぎりの小規模な用兵とをもって、ひとりでも多くの敵を殺し、反アルスラーン派の領主や貴族たちを慄えあがらせる。そのことに意味があった。したがってキシュワードはときおり剣で部下たちに指示をあたえながら、戦士としては無慈悲に敵を殺してまわった。逃げる敵も見逃（みのが）さず、双刀を血に染めて走りまわったのである。

エクバターナ城司クバードは、この日の朝も大杯いっぱいの麦酒（フカー）を飲みほして、出戦の合図にしている。

クバードにとって、盾は防御の道具ではないように見えた。右手の大剣で敵を斬り裂き、薙（な）ぎはらいながら、左手の盾で敵をなぐりつけ、たたき伏せ、打ちくだいた。血と悲鳴が隻眼の偉丈夫をとりかこみ、右へ左へと戦場を移動していく。

「あいつ、城壁の守備はどうした？」

キシュワードが苦笑した。

城門の左右は、ちょっとした市場（バザール）のようだった。エクバターナの市民たちが台をならべ、水やナンや果実類をおいて、戦い疲れた兵士たちが休息にもどって来るのを迎えている。ひときわ大きな麦酒（フカー）の樽（たる）は、クバード将軍の専用ということであった。

ひとりの若い武将が、馬を駆け寄せると、ナンを剣で突き刺し、そのまま走り去った。メルレインである。

メルレインは血相を変えていた。妹とその夫の仇である銀仮面ヒルメスが、戦場に姿を見せたというのである。

「銀仮面、どこにいる!?」

右に突き、左に薙ぎ、血の旋風を巻きおこしながら、メルレインは叫んだ。まさか、この戦場にヒルメスが姿をあらわすとは思ってもいなかった。だが何十もの証言がある。銀の仮面をかぶった騎士の姿を見た、という証言が。

アンドラゴラスやイルテリシュは他の将軍たちにまかせて、メルレインはひたすらヒルメスを追った。

兵士たちも善戦している。そのなかには、奴隷から解放されて自由民となり、アルスラーンに大恩を感じている人々も多かった。

大きく開いた有翼猿鬼（アフラ・ヴィラーダ）の口に、パルス兵の槍が突きこまれる。槍の穂先は有翼猿鬼（アフラ・ヴィラーダ）の頭蓋をつらぬいて、うなじから飛び出した。怪物の口から悲鳴と白い血が滝となってパルス兵の顔にあびせられる。パルス兵の顔から、しゅうしゅうと音をたてて白煙が立ちのぼった。

惨憺（さんたん）たる光景は、もちろん一ヵ所にとどまらない。人間と人間、人間と怪物が、いたるところで殺しあっていた。突き刺し、引き裂き、はては殴りあい、蹴りあった。

「今日の戦いは、いつもよりずっと激しいな」

つぶやいたのは、反アルスラーン軍の将軍のひとりであった。兵は出したものの、自身は戦いに参加せず、丘の上に馬を立てている。同様の者が他にも五、六人おり、すさまじい叫喚や血臭に首をすくめていた。臆病といえば臆病だが、己れを知っているともいえる。

「他の者が出るなら、おれも出よう」という案配だったが、べつのひとりが口を開いた。

「このままでいいのか」

「何が？」

「とぼけるな、アンドラゴラス陛下のことだ」

領主たちは周囲を見まわし、声をひそめて、軍議をしているようによそおった。

「陛下がどうした」

「お前らも見たろうが⁉　タハミーネ王妃さまを殺したときのありさまを」

まだ人の心を持っている領主たちは、戦慄せざるをえなかった。

「不仲だったかどうか知らんが、十何年もつれそった間柄だぞ。それを、見たか、犬か猫でも斬るかのように……」

「一刀で」

「おれは身動きできなくなったよ」

「わしは慄えがとまらなんだ」

「だからよ、我々が何か失敗でもしたら、あっさり殺されてしまうのではないか」

「ありえることだ。どうする?」

「それがわかれば、世話はないわ」

アンドラゴラスは粗野で豪放と思われてはいたが、タハミーネを殺したときの残虐さは、貴族領主たちがはじめて知ったことだった。手段を選ばず妻とした執着はどこへやら。これでは、自分たちのような者は、将来が思いやられる。

これまで良いことばかり考えて出陣してきたのだが、考えてみると、敗れる場合もあるのだ。そうなればアルスラーンの威風は完全にパルスをおおい、領主や貴族たちの特権はさらにうばわれ、平民たちが大きな顔をするようになる。そうなったとき、どう立ちまわればよいのか……。

「何だ、斬っても名誉になりそうなやつはおらんな」

大音声がとどろいて、領主たちはあやうく落馬しそうになった。声の主を見やって慄然とする。「ほら吹きクバード」として知られる、アルスラーン軍の隻眼の猛将が、血ぬれた大刀を肩にかついで馬を立てていた。領主たちが十人や二十人、包囲して攻めても、歯の立つ対手ではない。

「わ、我々をどうする気か」

「殺しはせん。武器を棄てて逃げろ」

クバードが、めんどうくさそうに言うと、領主たちは目をむいた。

「ほ、ほんとうに？」

「めんどうなやつらだな。逃げるか、殺されるか、ふたつにひとつ、さっさとせんか！」

クバードにどなられて、領主たちは文字どおり飛びあがり、剣を放り出して逃げ出した。土塵を蹴立て、血臭のうすい方向へ。

このため、一万以上の兵が主将をうしなってしまったが、もともと自分たちだけで闘っていたため、戦況には何の影響もおよぼさなかった。

アルスラーンは城門の前に馬を立ててはいたが、しばしば、戦況をもっとよく見ようと前進しては、危機にさらされた。そのたびにエラムやファランギースが飛び出しては、つれもどす。

アルスラーンの肩をつかもうとした有翼猿鬼（アフラ・ヴィラーダ）の毛深い手が、はじかれたように離れた。エラムの半弓から放たれた矢を眉間に受けて、怪物は宙でもんどりうち、地上に墜（お）ちて馬蹄に踏みにじられた。

「すまん、エラム」

「お気をつけくださいませ。ふたつとないお身体（からだ）です！」

エラムはどんどんナルサスに似てくるようだ。アルスラーンはうれしかった。多くの忠臣をうしないつつも、残った者がいてくれる。自分が王者として成長し、節度を守っていけば、あらたに出現してくれる者もいるであろう。

エラムのほうでは、アルスラーンが案外、積極的に戦場へ飛び出していくことに、内心おどろいている。これまではナルサスにいわれて、おとなしくしていただけではないか、と思うことすらあった。ひとつたしかなのは、ナルサスをはじめとする諸将の死に、アルスラーンが責任を感じている、ということだ。

アンドラゴラス＝ザッハークの軍は、烏合の衆である。パルス国内の反アルスラーン派と、チュルク軍とだけならまだしも、人にあらぬ蛇王の眷族たちがまじっている。怪物どもは味方であるはずのチュルク兵を食い殺したりするから、彼らは後方にも用心せねばならなかった。猛将イルテリシュに統率され、アンドラゴラス軍より軍隊らしいチュルク軍が、いまひとつ全力を発揮できないでいる、皮肉な理由であった。

いずれにしても、アルスラーン軍にとっては、「けっこうなこと」である。もっと盛大に、同士討ちをやってほしいところであった。

Ⅳ

そのころ、ヒルメスは、はじめて全力をふるうべき敵に出会っていた。

ヒルメスは疾走中、流れ矢で乗馬を倒され、徒歩になっている。おりから、騎手をうしなった馬を見つけて駆け寄ると、おなじ状況の人物と出くわし、当然、斬りあいとなった。イスファーンであった。

イスファーンの得意とするのは、低めへの斬撃である。よほどに練達した戦士でなければ、膝(ひざ)から下を両断されたであろう。

むろんヒルメスは練達した戦士であったが、イスファーンとは最初の対決であり、その剣技を見たのは、はじめてである。彼は雪豹(ユーズ)のごとく跳びすさった。さらに三歩、すばやく後退して、イスファーンのおそるべき低斬撃を逃れた。内心、冷たい汗をかく。ヒルメス級の力量と反射能力を持たない者であったら、両脚を一気に切断されていたことは、まちがいない。

「こざかしい！」

憤怒をこめて、ののしったものの、時間をとられては、アルスラーンの首をとる機会がへる。隙を見て剣を引き、おりから近づいてきた空馬（からうま）にとびのって、すばやくその場を離れた。

「土星（カイヴァーン）！　深追いするな」

命じると同時に、イスファーン自身は地を蹴って、敵の冑ごと頭蓋に致命的な強打を加えた。つぎの瞬間、横あいの敵に向かって身を沈め、低い位置から膝（ひざ）を斬りはらう。切断こそまぬがれたものの、敵は膝頭（ひざがしら）を割られ、悲鳴を放って横転した。

イスファーンは周囲を見まわし、一騎の敵兵に目をつけた。正確には、彼の馬にである。

「いい馬だ」

土星（カイヴァーン）にいうと、忠実な狼も賛同したので、ひとりと一匹は血なまぐさい混戦のなかを突っきって、その敵兵に駆け寄った。

「悪いな」

そのひと声につづいて、敵兵の左足首が宙に飛んだ。兵は絶叫をあげる。それを容赦なく突き落としておいて、イスファーンは馬に飛び乗った。

そのありさまを見て、敵の騎兵が怒号とともに殺到してくる。

「兄上、照覧（しょうらん）あれ、万騎長（マルズバーン）シャプールの弟として、恥じないはたらきをして御覧（ごらん）にいれます！」

叫ぶや否や、敵中に猛然と馬を乗りいれる。

八人めを血泥のなかに撃ち倒したとき、イスファーンの剣は、かわいた音をたてて折れた。

舌打ちしたイスファーンは、周囲をさがしまわったが、使えそうな武器は見あたらない。そこへさらに三、四騎のチュルク兵が駆け寄ってきた。

土星が、たけだけしく咆哮して、チュルク兵の咽喉もとへ躍りかかった。チュルク兵も、手元に飛びこまれては剣が使えない。左手で庇うのが精いっぱいで、その手を噛まれて引き裂かれる。

白手のイスファーンが馬ごと身体をぶつけ、よろめく対手の右手から剣をひったくった。剣光一閃、胴をなぎ払って、対手を苦痛から解放してやる。

乱軍の渦中でイスファーンの猛戦は目をみはらせたが、彼自身も無傷とはいかなかった。致命傷はないが、浅傷は五、六ヵ所にのぼっている。傷の痛みを感じる間にも、イスファーンは攻撃をやめない。

またしてもイスファーンは一騎の首を宙へはね飛ばしたが、返り血を避ける余裕はなかった。かろうじて手綱をにぎりなおし、落馬をまぬがれたが、全身の傷からの出血と、かさなる疲労が、彼の意識を朦朧とさせた。

馬蹄にうなりをあげさせて、猛悍な人物がせまってきた。目に血がはいったため、イスファーンは一時的に視力をうしない、その人物の急接近に気づかなかった。

「おい、イスファーン卿！」

とたんにイスファーンは、振り向きざま剣を一閃させた。鋭い刃鳴りがして、敵の首が宙を飛ぶ――ことはなかった。苦笑まじりの声が、再度、呼びかける。

「まちがえるな。おれは味方だ。クバードだよ」

「クバード卿でござったか……」

「ずっと闘いつづけているようだな。すこし休んだらどうだ。おれが他人にほめられるのは、休むべきときには休んで、ちゃんと功績をあげるからだぞ」

ほめられているかどうかは、あやしいものだが、クバードはたしかに休むべきときには休む男であり、飲むべきでないときにも飲む男であった。それでいながら、不眠不休も辞さないキシュワードやダリューンに匹敵する武勲をあげているのだから、説得力がある。

「では、お言葉にしたがって、ひと息いれてまいります」

「おう、そうしろそうしろ、城門のところで飲み食いしてこい。おれの麦酒(フカー)をすこしわけてやるぞ」

哄笑すると、クバードは、イスファーンの背をたたいた。

イスファーンを休ませておいて、クバードは自分自身が出陣していった。徒歩で思う存分、大刀をふるうつもりである。そして、十人ほどの敵を殺した後、乗馬を乗りつぶしたイルテリシュに出くわしたのであった。

「トゥラーンの流れ者め、悪運がつきたぞ！」

揚々とクバードがあびせかけると、イルテリシュの両眼に炎が噴きあがった。

「のぼせるな、片目！」

指揮も勝敗もない。ペシャワール以来の因縁の対手を殺してやる。それも堂々と、だれにも文句をいわせぬように。

クバードとイルテリシュは、武器をかまえてにらみあった。

「ペシャワールで、きさまを殺しておくべきであった」

「ほほう、意見があったな」

「くたばれ！」

イルテリシュとクバードは同時に地を蹴った。イルテリシュの豪剣とクバードの大刀とは、赤く青く火花を散乱させながら激突した。ただ一合で刃こぼれが生じたほどの勢いであった。両者は飛びわかれ、二合めをあわせようとして、不覚にもよろめいた。

イルテリシュの豪刀とクバードの豪剣は、ともに対手の右眼を斬り裂いていたのである。

両雄の右顔面は一瞬で紅く染まり、さらに血は流れ下って腹部にまで達した。

互角の勝負。だが結果には甚大（じんだい）な差があった。イルテリシュの左眼は無傷で、以前とおなじく見えたが、もともと隻眼のクバードは、左眼につづいて右眼も見えなくなり、まったく視力をうしなったのだ。

すさまじい沈黙に、イルテリシュの哄笑がつづいた。

「こいつは笑える。きさまもおれも、おなじ場所を斬ったが、結果は大ちがいだな」

クバードは応じなかったが、にわかに狼狽したように見えた。これまでの豪放さはどこへやら、顔を右に向け、左に向け、やたらと豪剣を振りまわす。恐怖と敗北感をあらわに、身体ごと前を向き、後方を向く。呼吸が荒くなり、肩が上下した。

「みぐるしいぞ、クバード、パルス屈指の猛将の矜（ほこ）りはどこへやった」

哄笑をつづけながら、イルテリシュはクバードの正面にまわろうとした。あの豪放な偉丈夫の正体は、こんな臆病者だったのだ。イルテリシュは豪刀を肩の高さにかまえ、地を蹴って突進した。つぎの瞬間、信じられぬことがおこって、苦痛の悲鳴がおこる――クバードでなく、イルテリシュの口から。

「き、きさまっ……」

「よろこべ。きさまをトゥラーンの偉大な戦士として認めてやったのだぞ」

クバードは血と笑いを吐き出した。

イルテリシュに戦士としての矜りがあるなら、まったく眼の見えない対手の背後にまわるような所業はしないだろう。そうクバードは考えた。おそらく正面から突進して、胸をつらぬこうとするにちがいない。

クバードの予想はあたった。イルテリシュは正面から猛然と突進して――クバードの豪剣に背中までつらぬかれた。それは同時に、クバードが、胸から背中までつらぬかれることであった。

クバードはペシャワール以来の宿敵の姿を見ることはできなかった。ただ、手ごたえと気配で知るだけだ。

イルテリシュは、信じられぬという表情のまま佇立し、剣の柄から両手を放して一歩二歩と後退した。その間、クバードは血を吐きつづけていたが、大木の倒れるような音を聴いて、何がおこったかを知った。パルスの内外に雄名と悪名をとどろかせた猛将は、血に染まった唇を笑う形に開いて、つぶやいた。

「ま、こんなところだな」

ついで、たくましい長身をぐらりと揺らすと、前のめりに倒れた。その勢いは地を揺るがすほどであった。

「クバード卿、イルテリシュと相討ち!」

悲痛なパルス語の叫びを聞いて、声もなく笑ったのは、暗灰色の衣の魔道士であった。

V

血戦の傍観者に徹するつもりだったが、彼にとって膨大な血臭は、あまりにも蠱惑的だった。この血の饗宴に参加しないのは、あまりにも残念だ。蛇王の世が開始するまで、待つことはとうてい不可能だった。

尊師は暗灰色の衣をまとったまま、隠れ場所から姿をあらわした。殺しあいに夢中の人間どもは、だれも気づかず、斬りあい、刺しあい、頸をしめあっていた。狂気と血の匂いが、薫風のごとく尊師を陶然とさせる。

このままいけば、ひとりのこらず死に絶えるまで殺しあうであろう。自分で自分を抑制することができぬ愚劣な人間ども、蛇王ザッハークの支配を受けるにふさわしい蒙昧な人間どもよ。「始まりの終わり」たるこの流血に、ぜひ自分も参加させてくれ……。

待ち望んでいた声が、ついにかかった。

「何者だ? 敵か味方か」

若々しい声が、尊師をあらためて喜ばせた。この声は知っている。今日の戦場でもっともかがやかしい驍勇（ぎょうゆう）を発揮しているひとり、アルスラーン軍の若き勇将イスファーン。連銭葦毛（れんせんあしげ）の馬にまたがり、片目のまわりに輪のある狼をしたがえた青年武将は、涎（よだれ）が出るほど、うまそうだった。

「兵士でないなら逃げろ。殺しあいに巻きこまれるぞ」

「望むところ」

「なに？」

「万騎長（マルズバーン）シャプールの弟イスファーン、兄のあとを追うがよいぞ」

とたんに、馬から飛びおりたイスファーンの剣が閃光を発した。

まともな武芸でイスファーンにかなうはずもない。尊師は大きく跳躍して、必殺の一閃をかわすと、暗灰色の衣をひろげた。それがイスファーンの上半身をつつみこむと、低いうめきが洩（も）れた。イスファーンの膝（ひざ）が折れ、腰がくだける。尊師が暗灰色の衣をひと振りすると、上半身を鮮血に染めたイスファーンが、音をたててあおむけに地に倒れた。

土星（カイヴァーン）は舌を伸ばしてイスファーンの左頬をなめた。精悍でやさしい主人は、だが、もはや何の反応も示さない。手を伸ばして土星（カイヴァーン）の頭をなでることも、指先で咽喉をくすぐることもしてくれなかった。

土星(カイヴァーン)は、なおも主人の遺体をなめ、ついにイスファーンが還(かえ)らぬことをさとった。若い狼はその場にすわりこみ、天を見あげて哀しみと怒りの叫びをあげた。その声は、高く遠く、混戦の渦を圧してひびきわたった。

「土星(カイヴァーン)が鳴いている」

アルスラーンがつぶやいた。

「イスファーンが死んだな」

息と声をのんで、エラムは若い主君を見つめた。

「クバードにつづいて、イスファーンまで……」

暗然としてつぶやくアルスラーンに対して、エラムはなぐさめる言葉もない。ああ、もしここにナルサスがいたら……。

「エラム」

「はい！」

「背中はあずけたぞ！」

叫ぶなり、アルスラーンは、乗馬の頸(くび)を平手でたたいた。馬は高くいななき、疾走を開始する。

「陛下ッ！」

あわててエラムは、剣と矢筒と弓の位置を確認し、主君のあとを追った。追いながら叫びを投げる。

「陛下、ご軽率がすぎます!」

「イスファーンの仇だ。放っておけるものか。私の手で討ちとってやる!」

エラムは沈黙し、アルスラーンのあとを追った。右手に弓をにぎりしめる。主君を制止することはできない。彼の任務は主君を護ることであった。

尊師はイスファーンの首をとろうとして、とれないでいた。一歩でもイスファーンの遺体に近づくと、土星がうなり声とともに、とびかかろうとする。尊師は根負けした。

「ちっ、こやつの首など、いらぬわ。どうせならアルスラーンめの首を……」

「ほしいか?」

尊師は愕然として振り向いた。土星にかまけている間に、背後に敵がせまっていたのだ。それも、アルスラーン自身であった。

「イスファーン!」

アルスラーンは悲痛な声をあげ、馬からとびおりた。若い忠実な勇将の遺体を抱きかかえる。尊師が高々と笑うと、エラムが屹として問いただした。

「お前は何者だ!?」

　尊師はエラムを無視した。

「来たか、アルスラーン。無双の不孝者、叛逆者、簒奪者、育ての父親に背き、王家を乗っとった極悪人……」

「そのとおりだ」

　アルスラーンは、激昂するエラムを制し、おちつきはらって応じた。

　何かがまぶしい光を発して尊師をおそった。あわてて尊師は跳びのく。その足もとに一本の矢が突き立っていた。あらたな馬蹄のひびきが急速に近づいてきた。

「おそくなりまして面目ございません、陛下」

「ギーヴか！」

　ギーヴは「三本の矢でミスル軍を退かしむ」任務のため、戦場に駆けつけるのが、ヒルメスよりおくれたのであった。

「ミスル軍は指揮官たる女王をうしない、退却いたしました。もはや心配いりません」

「そうか！　ギーヴ、いつもながらの辣腕だな。礼をいうぞ」

「いえいえ、アシ女神の恩恵をもちまして」

「おい、こちらはどうした!?」

　尊師はどなった。商人ラヴァンに変装して画策したミスルの出兵が、水泡に帰したことを知って、冷静ではいられなかった。ギーヴはといえば、尊師の顔をしげしげと見やって、感心したようにいったものだ。

「なるほど、きさまが魔道士どもの頭目か」

「蛇王ザッハークさまの、忠実なる臣下だ。この日を三百年以上も待っておった」

「弟子殺し、と呼んだほうがふさわしくないかな」

ギーヴが揶揄(やゆ)する。尊師が選びぬいた七人の弟子は、ことごとくアルスラーンの部下たちに討ちとられていた。

痛いところをつかれて、尊師は赫(かっ)と逆上した。ギーヴをにらむ目から血光(けっこう)があふれんばかりだ。

「おやおや、せっかく、おれにつづくほどの美男子なのに、その表情では女たちが寄ってこないぞ。心を謙虚にして、おれに弟子入りしてみないか。女をくどく術(すべ)を教えてやるぞ。もちろん有料で」

「ほざくな！」

どなった尊師は、アルスラーンに向きなおろうとして動きをとめた。アルスラーンの手が、半分、剣を鞘から抜いている。

それは宝剣ルクナバードであった。しかも、日に一度は芸香(ヘンルーダ)の液に浸(つ)けられて、自分の役目が来る日を待っていた。

アルスラーンが抜き放つと同時に、宝剣ルクナバードは周囲に芸香の爽涼な香りを振りまきながら、光りかがやいた。

尊師は奇声をあげてのけぞった。いきなり、暗灰色の頭巾を引っぱられたからである。

「告死天使(アズライール)！」

老練な鷹(シャヒーン)は、尊師の手をかいくぐって、頭巾をむしりとり、金髪の頭部をむき出しにしてしまった。

「土星(カイヴァーン)！」

若い狼は、尊師が頭上に気をとられた隙に、その右足首に鋭い牙をたてている。

「おのれ、畜生ども！」

秀麗な尊師の顔が、見るに堪(た)えぬ形相をあらわした。

「まちがえるな。お前の対手は、この私だ」

ルクナバードを手に、アルスラーンが進み出る。歯ぎしりしながら、尊師は左右を見やった。ギーヴとエラムが、抜き打ちのかまえで、剣の柄をつかんでいる。

尊師はののしった。

「卑怯者め。ルクナバードがなければ、我と闘うことが、かなわぬか」

「そういうなら、ルクナバードを使うのをやめてもいい」

「ほう」

「ただし、お前も魔道を使うな」

ぴしりとアルスラーンにいわれて、尊師はまた歯ぎしりした。一瞬後、尊師は暗灰色の衣を、音をたてて開いた。その下の眼がきらめく。衣の裏地には毒針を植えつけてある。跳躍し、上空からアルスラーンにおそいかかった。

毒針による死の抱擁。その奇襲はあえなく失敗した。ルクナバードは一本の光となって、尊師の胸を刺し、毒針の群れを粉砕しながら背中へと抜けたのであった。

「だれだ、あれは？」

メルレインは問いかけた。彼は生前のアンドラゴラス三世の顔を知らない。

ゾット族の古参兵が、息と声をのんで、アンドラゴラスの名を口にした。傭兵として、数年間、王宮づとめをした男である。

「アンドラゴラス陛下……噂には聞いておりましたがまさか、ほんとうに生きておわしたとは！」

「へえ、あれがアンドラゴラス王か」

累代、パルス王家につかえてきた譜代(ふだい)のキシュワードと異(こと)なり、ゾット族のメルレインは、崇敬(すうけい)の念が薄い。彼にとって「陛下」とはアルスラーンだけである。そのアルスラーンを無情にあつかっていた父王ともなれば、反感をいだくほどだ。

まして、このとき、アンドラゴラスの周囲には、四眼犬(シエムル)や有翼猿鬼(アフラ・ヴィラーダ)などの怪物どもがむらがり、したがっていた。いくら何でもアンドラゴラス王を射殺するのは気が引けるが、怪物どもに容赦する必要はない。

メルレインは顔色も変えず、火矢を射放つ。

深紅と黄金の輪が、すさまじい迅速(はや)さで四眼犬(シエムル)や食屍鬼(グール)たちの周囲をとりまいた。

この世のものとも思えぬ咆哮と悲鳴がわきおこった。芸香と炎が二重の輪となって怪物たちをかこむ。空を飛べる怪物たちは必死になって舞いあがった。

一頭の四眼犬(シエムル)が、背中に炎をせおったまま、猛然と走ってきた。メルレインめがけて跳躍する。メルレインの剣がきらめき、その燃える胴体を両断した。

剣から血のしずくを振り落とす。

「いい根性だが、無益な根性だ。人の迷惑になる」

メルレインは、ふたたび矢を放とうとして、矢筒が空(から)になっていることに気づいた。予備の矢筒も空である。

　メルレインは怒声をあげた。

「もう矢はないのか!?」

「矢はございますが、芸香がなくなりました」

　メルレインは肩をすくめた。

「逆よりましだ。矢をよこせ」

　死の矢嵐が再開された。地上を攻撃するために降下してくる有翼猿鬼（アフラ・ヴィラーダ）や鳥面人妖（ガブル・ネリーシャ）らが、やわらかい咽喉や腹部に矢を受け、奇声を発して墜（お）ちていく。あるいは、きりきり舞いしながら。あるいは石のように一直線に。

「何をしておる、ぶざまな」

　アンドラゴラスが馬を出してきた。否、このときは蛇王ザッハークとしての姿をあらわしている。左右の肩から生（は）えた蛇は、長さ一ガズもの蛇身をくねらせ、牙の間から毒の涎（よだれ）をたらしてメルレインをねらった。メルレインはさすがに慄然（ぞっ）としたが、本能的な恐怖を戦意がねじ伏せた。彼は決死の意志をこめて弓に矢をつがえると、ザッハークの右肩をねらって射放した。

　メルレインの矢は蛇の左目に突き立ち、大きくのけぞらせた。激しい呼吸音がおこる。

蛇は声が出せないから、これが悲鳴のようなものであった。

VI

「孺子、あっぱれ！」

咆えるように笑うと、アンドラゴラスは腰から短剣を抜き、メルレインめがけて力まかせに投じた。短剣は回転し、メルレインの弓に命中して、弦を断ち切った。

メルレインは怒りと無念の声をあげ、長年の愛弓を放り出すのやむなきに至った。弓の弦をとりかえる暇はなかったのである。彼は馬を三、四歩後退させると、部下の手から「ゾットの黒旗」をもぎとった。

メルレインは右手だけで腰帯をゆるめると、さらに左手だけで「ゾットの黒旗」を自分の背へ差しこんだ。ふたたび腰帯をしめると、メルレインの姿は、黒旗を背おって立つ彫像のように見えた。

「弓は使えんのでな」

蒼白な笑みが、若い族長の口もとに浮かぶ。

「剣で殺させてもらうぞ」

アンドラゴラスは、メルレインをにらみつけ、怒声をあげた。

「いけ、兵士ども、この舌長の孺子をずたずたに斬りきざめ！」

兵士たちは喊声をあげ、四方からメルレインを包囲した。突き出される槍や刀を斬り払い、右に突き、左に斬る。噴き出す血は泉のごとく、メルレインは全身、朱に染まった。

アンドラゴラスならぬザッハークの瘴気の洗礼を受けた兵士たちでさえ、一時的にひるんで、包囲の輪を大きくした。ひろがった空間に馬を乗りいれたのはザッハークであった。

無言で豪刀をふるい、まっこうからメルレインに振りおろす。疲れはてたメルレインが、二十合以上も渡りあったばかりか、右手の甲に傷を与えたのは、それこそ人間と思えぬ業であった。

ついにアンドラゴラスの豪刀は、メルレインの剣をへし折り、そのまま速度と圧力をおとさず、若い族長の頸部を両断し、さらには「ゾットの黒旗」を、まっぷたつに断ち斬った。

メルレインの首は両眼を開いたまま地にころがった。首をうしなった胴体は、挑戦的に立ったままである。

「手こずらせおって」

アンドラゴラスは手の甲の傷を太い舌でなめ、臣下たちをかえりみた。

「だが、きさまらのだれよりも勇敢な孺子(こぞう)だったな」

面目なげに、領主たちはうつむく。アンドラゴラスは、あざけるように、メルレインの胴体を蹴り倒すと、十頭の獅子(シール)のように咆哮した。ふたたび馬にまたがると、咆え猛りつつ血の荒野を疾駆する。

ファランギースが遠くからそれを見ていた。彼女は弓箭兵に命じて、「たけりくるう猛獣のような男」に矢を集中させた。

アルスラーン派の兵はアンドラゴラスの右腕に矢を命中させたが、腕甲(わんこう)にすべって、傷をあたえることはできなかった。チュルク兵に対しては、まったく迷いも遠慮もしなかった。怒号とともに乗馬を疾駆させると、あわてて弓を剣に持ちかえようとする兵に剣を撃ちおろす。

アンドラゴラスは死の権化(ごんげ)であった。彼が馬首を向けるところ、刃を振りおろすところ、人馬の血がほとばしり、首が舞い、腕がころがる。もともと豪勇の武人であった。それにザッハークの魔力が加わって、彼の力を増大させ、対手の力を減殺させた。獅子が仔羊をひと口で殺すように、一撃で兵を死者の国へ送りこむ。しだいにアンドラゴラスは興(きょう)を削(そ)がれた。すくなくとも、さきほどの若い武将をしのぐほどの強い敵に逢って、対手を地獄へたたき落としてやりたかった。

その願望に応じるごとく、左右の肩からのびた二体の蛇は、高く大きく擦過音をあげ、毒液を吐き散らす。兵士たちがいったんそれに気づくと、反応は悲惨だった。

「ザッハークだ!」

「蛇王だ!」

「蛇王ザッハークが出たぞ!」

パルス兵たちは恐慌(パニック)におちいった。陣列をくずし、剣をとり落とし、はては甲冑をぬぎすてて逃げ走った。それは、悪から遠ざかるということでもあったのだが。

皮肉なことに、恐慌は公平であった。敵も味方も、同時におそったのだ。

ザッハークは正体をあらわすと、純粋な殺戮者となって、兵士たちを殺しまわった。アルスラーン派も、反アルスラーン派も、チュルク兵も、平等に斬り殺し、突き殺し、踏みにじった。みずからの眷族さえも、殺意にまかせて殺害した。ついに完全な解放を得て、ザッハークは、万人の死をつかさどる魔王として復活をとげたのだ。

ザッハークの巻きおこす血の嵐を、見た者は幾人もいたが、もっとも近くで見出したのは、銀仮面卿ヒルメスであった。思わず目をうたがったヒルメスは、たちまち殺意にみたされて馬を駆った。

「アンドラゴラス!」

アンドラゴラスだろうが、アルスラーンだろうが、ダリューンだろうが、誰でもよい。あらわれた順番に殺してやるだけだ。

「アンドラゴラス！」

殺戮の叫びをあげて、ヒルメスは突進した。その瞬間に、彼は見た。見てしまった。アンドラゴラスの両肩が大きく高く盛りあがり、何かの形を成すのを。

「うわああッ……！」

だれかの恐慌の声をヒルメスは聞いた。それが自分の声だとは、ヒルメスは気づかなかった。蛇王。蛇王ザッハーク。パルス人の勇気を喰いつくす悪霊が、彼の眼前にいる。いる。実在したのだ。

アルスラーン麾下の諸将とことなり、ヒルメスには心の準備も覚悟もなかった。蛇王ザッハーク、すなわち亡父の仇アンドラゴラス。それと遭遇するなど、考えたこともない。ヒルメスは、無防備の心を直撃された。勇気も胆力も戦意も、一瞬にして吹き飛び、ヒルメスは蒼白な顔で小きざみに慄え出した。そしてそれはアンドラゴラスに見すかされた。

「せっかくの再会だ。寿（ことほ）ごうではないか。わが甥、いや、わが弟よ」

おぞましい声が彼を「弟」と呼んだ。

「く、来るな、来るなあ！」

ヒルメスは叫んだ。というより、小児(こども)のように喚(わめ)いた。これまで、どれほどの窮地に追いつめられても、見せたことのない醜態である。心臓は恐怖にとどろき、脳は混乱してまともな思考をやめた。ただ、本能だけが叫びつづけた。

「逃げろ、逃げろお」

心の叫びにしたがってヒルメスは夢中で走った。


キシュワードは左の剣で敵の斬撃をはね返すと、右の剣を水平に奔(はし)らせた。敵の胸甲が音高く割れ、斬り裂かれた胸が鮮血を吐き出す。

クバードが死んだ。あの豪放な男が。イルテリシュを道づれにして。

「みごとな最期だったそうだな、クバード卿、みならいたいぞ」

そう声に出したとき、ふいに血風が死臭をのせて吹きつけてきた。

「みごとな最期をとげたいなら、望みをかなえてやるぞ、キシュワード」

声の主を見て、キシュワードは声をのむ。

「ヒルメスの孺子(こぞう)め、口ほどもなく遁走(とんそう)しおった。きさまは予を満足させてくれるだろうな」

ザッハークは両肩の蛇をくねらせ、豪刀をふるって馬ごとキシュワードに躍りかかった。キシュワードは無益な論戦をせず、双刀をもって迎えうつ。三本の刀剣が、三つの流星のように宙を走り、三十回をこえる刃音が戦塵を舞いくるわせた。そして。

双刀将軍(ターヒール)キシュワード、最後の神技。

右の剣はザッハークの右肩にはえた蛇の首を、左の剣は左肩にはえた蛇首を、同時に宙へ斬り飛ばしていた。

「おおッ！」

という叫びは、どちらの口から発せられたか。ザッハークの豪刀は、十字形に交叉したキシュワードの両手首を一度に両断し、つづいて腹部を深く斬り裂いている。鮮血がほとばしり、人と馬と大地を赤く染め、キシュワードは、死が彼に抱きつくのを感じつつ落馬した。それでもなお、よろめきつつ立ちあがる。

キシュワードの顔は、苦痛と矜(ほこ)りがないまぜになって、奇妙な落ちつきを見せていた。姿勢は毅然として胸をそらし、両脚をかるく開いて蛇王を見すえると、声と息を吐き出した。

「陛下……ナスリーン……アイヤール……」

発する声とともに、生命力が流れ出して、言い終えると同時に、朱に染まった堂々たる長身は、石柱が倒れるように地に伏した。

「……憎いやつ」

蛇王ザッハークは憤怒をこめてうなった。

左右にはえた蛇の首は、いずれ再生する。だが、キシュワードの双刀に塗りこまれた芸香(ヘンルーダ)は、両肩の傷口にもたっぷり塗りこめられた。それが、再生にいちじるしい悪影響をあたえることは確実である。

このような状況になったのは、はじめてであったため、剛愎(ごうふく)なザッハークも今後の予想に悩みらしき感情をいだいた。蛇王は、ひと声ほえると、馬から飛びおり、地に倒れた勇者の遺体を踏みつけ、蹴りあげた。対手を殺したのはザッハークであるのに、双刀将軍のほうが威厳を保っているように見える。

この日は、前日や前々日とおなじように始まったのだが、刻(とき)をへるにしたがって凄惨さをまし、例のない一日として終わるように思われた。すべての根源である男は、ふたたび馬にまたがると、獲物をさがして走り出した。

Ⅶ

「ヒルメスはどこだ？　どこにいる!?」

「黒衣の悪魔」は、声まで返り血に染まって叫んだ。

ナルサスの殺害後、ダリューンはヒルメスに敬称をつけることを、いっさいやめた。そこまで礼節正しくはなれなかった。アルスラーンはいまだに「ヒルメス卿」と呼んでいたが、ダリューンの態度をとがめることはなかった。

ダリューンが声をとぎれさせたとき、あざけるような声が返ってきた。

「おれを呼びすてするやつはだれだ？」

ダリューンがさっと全身に緊張を走らせたとき、草と土を蹴って騎影があらわれた。

「銀仮面……」

ダリューンは、呼びかたを変え、戟を持ちなおした。

「王侯を呼びすてにした罪は赦してやる。ありがたく思え」

乾いた声でヒルメスは笑った。蛇王ザッハーク以外に、おそれる者はないのだ。

「きさまなら、おれを殺してくれることだろうな、ダリューン」

「殺さぬ」

「ほほう、なぜ？」

「おぬしを生かしてとらえ、アルスラーン陛下の御前にひきずっていく。陛下の御前にひざまずいて、旧悪を謝罪してもらおう」

ヒルメスの両眼に血光が奔(はし)った。

「つけあがるなッ」

憤激はしても、逆上はしない。彼我(ひが)の武器を見くらべると、馬を駆ったのは、ダリューンとはべつの方角だった。だれが持ち主であったのか、太い柄の長槍が地に突き立っている。その傍を走りぬけつつ、槍を地から引きぬいた。

ダリューンはそれを見ながら、妨害はしなかった。槍をしごいたヒルメスが、自分の方角へ突進してくるのを、黙然とながめる。その両眼も熱く燃えていた。

「へぼ画家のあとを追え！」

ヒルメスの槍が、奪命(だつめい)の炎と化してダリューンにおそいかかる。

猛撃は、ダリューンの戟によって、はね返された。燦爛(さんらん)たるかがやきが、音響をともなって四散する。双方の乗馬がすれちがい、鞍と鞍、鐙と鐙がこすれあう。

双方の位置が入れかわった。ふたりの騎手は呼吸をととのえ、ふたたび乗馬をあおって突進する。

　空中で武器どうしが激突すると同時に、地上では馬どうしがぶつかりあっていた。空中の勝負は互角であったが、地上の勝負はダリューンの乗馬「黒影号(シャブラング)」の勝利であった。ヒルメスの乗馬も凡馬(ぼんば)ではなかったが、パルス随一の名馬にはおよばなかった。

　馬がよろめき、激しく地上に倒れる。その間に、ヒルメスは馬から飛びおり、一転して片ひざをついていた。槍の穂先は、ダリューンの咽喉もとをねらって外(はず)れない。

「みごと」

　感歎の声を放って、ダリューンは、自分も馬から飛びおりた。こちらもまた、ヒルメスに攻撃の隙をあたえない。

「徒歩で勝負と願おう」

　ヒルメスは立ちあがり、両雄はあらためて武器をかまえた。弧を描くように位置を変える。

　先に手を出したのはヒルメスだった。鋭い叫びとともに、ダリューンの顔面めがけて槍を突き出す。ダリューンの戟がそれを受けてからめとろうとする。ヒルメスがたくみにそれを引っぱずし、今度は胸をねらった。金属音とともに、またも戟が槍をからめとる。ダリューンが手首をひねると、戟の枝が音をたててヒルメスの槍をへし折った。

ヒルメスは槍をすてて跳びさがり、腰の剣を抜き放った。それに応じて、ダリューンも戟を放り出し、長剣を抜く。伯父ヴァフリーズと盟友ナルサスの仇。ダリューンは、あくまでも公平にヒルメスを討ちとるつもりであった。

二本の剛剣が、殺戮のうなりを生じた。火花と刃音は、小さな火山の誕生を想わせるほどであった。斬撃と刺突との応酬は、いつはてるともなくつづいた。勝者が、地上最強の戦士たる栄誉を受けることは明白であるように思われた。ダリューンの冑が飛び、ヒルメスの胸甲に深い亀裂が走る。ヒルメスの仮面が、まっぷたつに割れて宙を舞い、ダリューンの左腕から血しぶきがはねた。

闘うこと百余合。

ついに決着がついた。ヒルメスの左胸への斬撃をはらいのけたダリューンの剣が、先ほどつくったヒルメスの胸甲の亀裂を、正確になぞった。必殺の刃が、ヒルメスの肉体にとどき、深く容赦なく斬りこんで、傷口から大量の血を噴出させたのである。

ヒルメスは血まみれの顔で微笑したように見えた。

「イリーナ、いま逢いにいくぞ……」

剣を引いて、地上に突き刺すと、「パルスの正統の王」は、それに寄りかかり、立ったまま息絶えた。

大きく息を吐き出すダリューンに声がかかる。

「ダリューン」

「陛下……」

「ヒルメス卿を討ったか。みごとだ」

「あの御仁は内心で死にたがっておりました。私は、そのてつだいをしただけです」

アルスラーンは、立ったまま絶息しているヒルメスの姿を凝視した。

「気の毒な御仁であったとは思う。だが、パルスにルシタニア軍を引き入れた罪と、ナルサスを殺した怨みは忘れられぬ。礼をもって葬ることにしよう。異存はないか」

「ございませぬ」

アルスラーンがうなずくと、エラムが「黒影号(シャブラング)」の手綱を引いてきて、ダリューンに手渡した。ダリューンが礼をいって愛馬にまたがり、見ると、アルスラーンの左右にはファランギースとギーヴがひかえていた。陽は西にかたむき、夕靄(ゆうもや)と戦塵がまじりあうなかに、いまひとつ大きな騎馬の黒影があらわれた。ダリューンは目をむいた。アンドラゴラス王！

「父上！」

叫んだアルスラーンは、つづいて、自分のものとも思えぬ声を出した。

「父上……そのお姿は⁉」

あろうことか、アンドラゴラスの両肩には蛇が頭だけ再生しつつある。

「予は汝の父親ではない。それどころか人間ですらない……わが名はザッハーク」

一瞬の空白をおいて、鞘鳴りの音が連鎖した。誰がいちばん早かったか、アルスラーン麾下の諸将が剣を抜き放ったのだ。

その諸将の数も、いまや四人のみ。ダリューン、ファランギース、ギーヴ、エラム。

この日、ただ一日の血戦において、キシュワード、クバード、イスファーン、メルレインの四名が、エクバターナ城外に斃れたのである。無名の兵士は、その数も知れなかった。

第五章　天涯無限（てんがいむげん）

I

「死せる王たちの戦い」

と呼ばれるものが、はじまろうとしている。

新マルヤム国王ギスカールは死んだ。

ミスル国女王と称したフィトナも死んだ。

トゥラーン国王と称したイルテリシュも死んだ。

チュルク国王カルハナはすでに亡い。

いま戦場で生きている王者はふたりだけであった。ともにパルスの王を称するアルスラーンとアンドラゴラス――その実は蛇王ザッハーク。

その両者が、馬を立てて対峙している。エクバターナの城門前、たがいの距離は二十ガズにみたない。ダリューンが「黒影号」をひと跳びさせれば、長大な戟がザッハークの胸をひと突きにするのも可能と思われる距離である。

しかし、それは同時に、ザッハークがアルスラーンに豪刀を投げつけることが可能な距離でもあった。うかつには動けない。

「ヒルメスはどうした？」

「ダリューンに討ちとられた」

ザッハークの赤い目が、黒衣の騎士を直視した。

「死んだほうが幸せなやつだった。ダリューンめも功徳をほどこしてやったものよ」

「斬られたほうの思惑など関係ない。おれは、あの男が憎くて斬った。それ以上でも以下でもない」

ダリューンの声は、強いが硬い。蛇王ザッハークがアンドラゴラス三世の外見をしていることに、完全に平静ではいられなかった。

ザッハークはパルス側の五人を見まわし、決めつけるように言った。

「今日はもう日が暮れる。明日、夜明けとともに最後の一戦をまじえるとしよう。異存はないか」

四人の臣下を見まわしたアルスラーンは、明快に答えた。

「ない」

「そうか、ふふふ、逃げ出すなら今夜のうちだぞ」

　ザッハークは冷笑し、馬首をめぐらした。その傲然と去る姿を見送ってから、アルスラーンは四人の臣下を見かえった。

「去る者は……」

「おりません」

　四人が異口同音に応える。アルスラーンは、うなずいた。

「去れ、というべきだろう。だが、正直うれしい。ありがとう、私の最後の友人たちよ」

　アルスラーンが手を差しのべると、他の四人が、つぎつぎと手をかさねた。

　ひとまず城門を開いて城内にもどると、アルスラーンは、そのまま四人をつれて王宮へはいった。

「さて、戦うとなると、戦術を練らねばなりませんな」

　実際的なことを、ダリューンが口にした。ファランギースがうなずく。

「蛇王の、あのようすを見ると、まともに戦術を練るつもりなどないでしょう。数にまかせて、まっこうから攻めてくるだけだと思われます」

「今日の明日では、こちらも、そう巧妙な戦術を練って、兵を動かす余裕はないな」

　アルスラーンはいい、むしろ愉しそうに笑った。

「いっそ今夜は、ひさしぶりにファランギースの酒豪ぶりを拝見したいな。みんなで一杯飲ろうか」

「御意」

まっさきに賛同したのはギーヴであった。

最後の酒宴になるかもしれない、という想いは、五人全員の胸中にあったが、だれも口に出さなかった。いまさら戦略や戦術を論じてもしかたない。想い出や冗談を語りあってせいぜい愉しく一刻をすごそう、という無言の了解がある。

将兵たちにも酒食が配られ、エクバターナの一角には、ささやかだがそれなりの賑わいがもたらされた。

王宮の露台にあつまった五人は、五年前、カーラーンをバシュル山で討ちとったときの顔ぶれであった。ただ、ナルサスが欠けている。葡萄酒を口にふくみながら、アルスラーンはかるく胸中で吐息した。六人ではじめて、ルシタニア軍を追放し、パルス一国を解放した。それがいまでは五人。

「商売でいう元割れだな」と思う。

ギーヴが琵琶を弾き、ファランギースはいつのまにか大杯をかさね、ダリューンは千の国で見聞したことを語った。対岸も見えぬ大河を渡る外輪船のこと、山野をこえて千ファルサングもつらなる長い長い城壁のことなどを。

しかし、いったん話題がとぎれると、再開された話題は、おのずと蛇王ザッハークのことになった。アルスラーンは自分の考えていたことを他の四人に語った。

「……つまり、有翼猿鬼も鳥面人妖も、蛇王の眷族どもは、生まれたのではなく、つくられたのだと思う。人の手によって」

「ありえることでございます」

酔いのかけらも感じさせない声で、ファランギースが応じる。エラムは困惑した。ザッハークの眷族が生まれたのでなく、つくられたのだとすれば、いったいだれが、何の目的でそんなことをしたのだろう。

「たしかに、ルシタニアのみならず、西方諸国には、人の手で生命を創ろうという者たちがおります。錬金術とか黒魔術とかを学ぶ者たちが研究をつづけていると申します」

ファランギースが語ると、東方にくわしいダリューンも口を開いた。

「絹の国にも、似たようなものはございました。さして関心もございませなんだゆえ、詳しくは存じませんが、左道とか蠱毒とか、あやしげな話には事欠きませんでした」

「いずこの国も似たようなものか」

アルスラーンは顎をなでた。

「地上に、理想の国というのは、なかなかないものだなあ」

「理想の国をつくろうとして失敗し、かえってひどくなった例は、いくつもあるようでござるが」

皮肉をこめてギーヴがいい、ファランギースと自分の杯を、くらべるようにながめて、敗北の表情を浮かべた。

「私は、蛇王自身も、つくられたのではないか、と思っている」

アルスラーンの発言に、他の四人は杯をおいて、それぞれに姿勢を変えた。

エラムの疑問を、ダリューンが口にした。

「ですが、何者がどのような目的をもって、そのようなことをしたのでしょう」

「い、い、いや」

「つくること自体が目的で」

人が人をつくる。それができるとわかったとき、古代の医師たちは欲望を抑えきれなかった。

「……例としては適切ではないが、諸卿が、あたらしい武芸の技を思いついたとき、必要もないのに使ってみたくならないか？」

「耳が痛うございますな」

ダリューンが頭をかき、笑い声がおこった。

「あいにくと、それ以上のことは、私の頭脳ではわからぬ。亡き宮廷画家なら、わかっていて、それを教えてくれただろうが」

「そういえば、宮廷画家どのの膨大な作品はいかがいたします」

ギーヴが問いかけた。

「相続する者がいないからな。そのままにしておこう。何百年かたてば、たいへんな財産になるかもしれない」

そこへカーセムが参上し、ザッハークの軍から脱走者があいついでいる旨、報告した。

「十万はおりましたのが、半分以下に」

アルスラーンは、かるく苦笑した。

「それは想像以上だったな」

エラムは、まばたきした。

「想像しておられたのですか」

「蛇王への恐怖は、私への好き嫌いと関係ないからね。三百年前のカイ・ホスローの時代とはちがう」

アルスラーンはかるく肩をすくめた。

「四、五年の治世では、蛇王ザッハークに対する迷信的な恐怖を一掃することができなかった。残念だ。だけど、兵士が三千も残ってくれたとは、望外のこと」

アルスラーンは玉座の上にすわりなおした。

「ひとり残らず逃げてもおかしくなかったのだから」

「四人はかならず残ります」

「うん、そうだった」

アルスラーンがうなずくと、ファランギースがギーヴに皮肉っぽい目を向けた。

「宮廷楽士どのも残るとは、正直、思わなかったが」

「それは、ファランギースどの、偏見と申すもの。このギーヴたる者、つねに美と正義に味方するため、この世に生を亨けたのでござるぞ」

「ああ、わかったわかった」

ダリューンが手を振り、一同は笑った。ギーヴ本人もふくめて。

「どうころんでも、訪れるのは暗黒時代かもしれない。だけど、千年つづくより五十年のほうが、まだしもましだと思う」

「おおせのとおりです」

ファランギースが応じた。

「ですが、いかがして蛇王を斃しますか？　陛下もご存じのとおり、あの者は魔力を使って山をくずすことさえできます」

「あの男は……」

アルスラーンは、すこし考えてから応じた。

「私の考えが正しければ、もう魔力を使うことはできぬ」

アルスラーンは城外をながめやった。

「篝火の数がすごいな」

「数だけでございますよ」

むきになった口調でエラムが否定した。カーセムの報告でも、脱走者があいついでいる、というではないか。

アルスラーンは深い息をついた。

「私は理想の王者にはなれなかったなあ」

「何をおっしゃいます。そんな……」

「いや……うん、いいんだ、つまらないことをいった」

後年、エラムは思ったものだ。アルスラーンの王としての生涯は、「理想的な王とは何か」と問いつづけた一生ではなかったか、と。

II

東の地平線に、一本の白刃があらわれた。黎明の光だ。それを合図としたかのように、エクバターナの東の城門が開き、アルスラーンが姿を見せた。待ち受けていた蛇王は、敵の軍勢のすくなさを見て、吐きすてた。

「マザンダラーンの野に、カイ・ホスローめは十万の兵を集めたぞ。それに較べ、汝の醜態は何だ!?」

「何だといわれても、私の無力と答えるしかない」

アルスラーンは苦笑するしかなかった。おそらくザッハークは、十万や二十万の大軍を対手に、はなばなしい一戦をまじえ、蹴散らしたかったにちがいない。

「予にも計算ちがいがあった、と認めてやろう。汝が、奴隷を解放するとは、想像できなんだ。よりによって、アンドラゴラスめも、非常識なやつを王太子にしたてたものよ」

「私の責任ではないぞ」

「わかっておる。三百余年前、カイ・ホスローを対手にしたときは、まさか後にこうなるとは考えもせなんだがな」

「カイ・ホスロー英雄王に背かれたとき、どう思った？」

興味をこめてアルスラーンが尋ねる。

「予のほうが、カイ・ホスローに目をつけたのだ」

投げ出すように、蛇王はいってのけた。

「人間どものうちでも、勇気と知恵をそなえ、指導力も決断力もある。予は絶賛しておるのだぞ。こやつなら、予に反抗し、打ち勝っても、人間どもは納得するだろう、と見た」

ザッハークは、ひと息ついた。

「もちろん、カイ・ホスロー自身は、あずかり知らぬことだ。あやつは、大まじめに、予を打倒しようとしておった。それで予は、数百年の将来を見こして、やつの子々孫々を、予の魂の容れ物にしてくれようと思いついたのだ。これほど愉快な報復があろうか」

「賛成」とはいわず、アルスラーンは、冷めた声で問いかけた。

「よくわかったが、まだ不明な点がある。おぬしの両親は何者だ？　なぜ自分の子孫を、容れ物にしようと思わなかった？」

「予は生まれたのではない。つくられたのだ」

やはりそうだったのか。アルスラーン、ダリューン、ギーヴ、ファランギース、エラム、五人すべてが納得した。

「有翼猿鬼(アフラ・ヴィラーダ)たちとおなじように？」

アルスラーンが問う。

「全然ちがうな。やつらは泥からつくられた。予は黄金からつくられたのだ」

ギーヴが顔を横に向けて、笑いをこらえる表情をした。アルスラーンに気を遣(つか)ったのであろう。でなければ、あからさまに嘲笑したにちがいない。

「よほど慎重につくられたのだろうな。しかし、だれが、そうまでしておぬしをつくったのだ？」

穏便に、アルスラーンが問う。人造人間ザッハークは、なぜか眉をしかめた。愉快なことではないようであった。

「ジャムシード王のもとで、人間はどこまでも図に乗った。神々でなくては許されないことを、算(かぞ)えられぬほどしでかし、禁忌(タブー)を犯して進歩だと称した。人を不老不死にする方法、あらたな生物を生み出す方法……医師どもは、口実をつけて、あらゆる生物と生命をもてあそんだ。功名心に駆られた医師は、魔道士と紙一重よ」

ザッハークの、吐きすてるような口調に、アルスラーンは、わずかながら奇妙な共感をおぼえた。たしかに、一部の医師は患者を実験に使うことがある。

「あの有翼猿鬼(アフラ・ヴィラーダ)や四眼犬(シエムル)も、人間どもがつくり出したものよ。自然に生まれた動物は保護せねばならぬ。だが、自分たちがつくったものは、狩りたて、殺してもよい。だれかがそういい出し、みな賛同した。有翼猿鬼(アフラ・ヴィラーダ)も四眼犬(シエムル)も、狩りたてられ、殺されるために、人間どもによってつくられたのだ」

アルスラーンは絶句した。それが真実なら、人間たちのほうこそ魔道の徒ではないか。

「わかるか？　まあ、わからぬでも予の知ったことではないが……カイ・ホスローを見こんで、予はやつに勝たせてやったのよ」

勝たせてやった、だって？

「要するに、パルス王家は、予が復活したときの容器として、代をかさねてきたのだ。ヒルメスも、オスロエスもそうだ。もし、アンドラゴラスがオスロエスを殺してヒルメスを逐(お)わなかったら、予の肉体はヒルメスの裡(うち)に再生していたやもしれぬ」

ザッハークは笑った。

「タハミーネが無事に出産しておれば、またちがっただろうな。あの女が男児を死産したので、うろたえたアンドラゴラスは、ふふ、愚行を演じたものだ。単に、べつの男児をつれてくるだけでなく、三人の女児を買いとって、もっともらしく銀の腕環(うでわ)などつけ、あちこちにばらまいた。子の産めぬ身体になったタハミーネに自害されないようにな。これは予とアンドラゴラス以外、誰も知らぬことよ」

気の毒な母上よ！

「その両肩の蛇は？」

「魔道士どものお遊びだ」

虚言（うそ）だな、と、パルス側の五人は看（み）て取った。何か機能があってこそ、そのように余分なものをつけ加えたのだ。ザッハークの異様な力の源泉となるものだろう。

深く追及はせず、アルスラーンは話題を変えた。

「おぬしをつくった魔道士たちは、その後どうなった？」

「さてなあ」

「わからないのか」

「予の身体にはいって、通りぬけていったことはわかっておるがな。ひとりだけは最近まで生きておったが」

エラムは嘔吐（おうと）をこらえるのに必死だった。ザッハークは、彼をつくった魔道士たちを殺して食べてしまったのではないか。ザッハークの返答が明快さを欠いているのは、さすがに明言したくないからではないか。

「長々と話を聴かせてもらったが、無益なことだった」

アルスラーンは、もの静かに語った。

「私は、おぬしの出自にも過去にも関心はない。興味があるのは、これからのことだ。このように各地の領主や貴族をあつめ、私を殺して、さて、それから何をするつもりだ」

ザッハークは両眼を細め、無言でアルスラーンを見やった。

「それを答えろ、ザッハーク、お前も王を名乗る以上、それにふさわしい言動をせよ。パルスをお前の手に回復してから、どういう政治をする気か、ごまかさずに、はっきり答えるのだ」

ザッハークは笑った。氷結した石をぶつけあうような声が、ダリューンやギーヴすらも戦慄させた。

「これはこれは、王家の血を引かぬ者が、えらそうにほざきおるわ」

「そう、それが、ごまかしだというのだ。質問者がだれであろうと、質問の内容との間に、何の関係がある。答えたくないからこそ、ごまかすのだろう。否というなら答えてみよ」

ザッハークは鼻白んだようすでアルスラーンを見やった。

「よろしい、では答えてやろう。予がパルスの正統な支配者として復活したら、まず、きさまの支持者どもを一掃する。ついで奴隷制度を復活し、人身売買を再開しよう。国内をかためたら、トゥラーン、チュルク、マルヤム、ミスル、周辺の国々をことごとく征服し、したがわぬ者は生かしておかぬか奴隷にする。恐怖と暴力によって世を支配し、統治するのだ」

「何のために？」

「予をつくった人間どもに報復するためだ。何と、自分たちより強く賢いものをつくって、それを思いどおりに動かせる、と思っておったのだからな。予が反逆したときのやつらの面を、汝らにも見せてやりたかったぞ」

ヒルメスと百余合を撃ちあったダリューンには、軽くない疲労が残っていたが、黒衣の騎士にとっては、とるにたりぬことだった。

「斬るか……？」

「いや、いまは斬れぬ。やつめ、それを見こして、我々が斬りかかったら陛下を斬るつもりだ。危険は冒せぬ」

ギーヴとダリューンは、目と目で語りあい、剣の柄にかけた指の力をゆるめた。

「では、いよいよ、はじめるとしようか。これ以上の問答は無用だ。予とて、すべてを知っているわけではないからな」

こうして、ついに「最後の最後の戦い」が、はじまったのである。

Ⅲ

戦いのはじまりは、むしろ平凡なものだった。ザッハークの軍は十台ほどの塔車を押し出してきて城壁にせまった。塔上で弓に矢をつがえる敵兵の姿を、ファランギースはひややかに見守っていたが、塔車が自分の弓の射程にはいったと見るや、振りあげた手を鋭く振りおろした。

城壁上に身を伏せていた弓箭兵(きゅうせんへい)が、いっせいに火矢を放つ。たちまち塔車は紅と黄金色の炎を噴きあげ、火だるまとなった兵士たちが地上へと転落していった。

ダリューンとギーヴは、疾風のごとく馬を走らせた。

アルスラーン軍には、戦術といえるほどのものはないが、四将の間には申しあわせがあった。ザッハーク軍を破るにはザッハークひとりを斃すべし、というのである。ザッハークに代わる者はおらず、この魔人ひとりを殺せば、ザッハーク軍は崩壊する。

「ねらうはザッハークただひとり」

主人の決意を受けて、名馬「黒影号(シャブラング)」がいななき、敵陣に躍りこむ。

ダリューンの戟は、たちどころに人血に濡れた。ザッハーク軍の兵士の首が毬(まり)のように宙を舞い、頭部が血のかたまりと化して弾ける。突き出されてくる敵の剣は、手首ごと水平に宙を飛んだ。肩がくだけ、胸板が突きぬかれ、逃げようとする背中が斬り裂かれる。

「ダリューンだ、黒衣の騎士だ！」

「戦士のなかの戦士だぞ！」

悲鳴があがり、それが途中で断ち切られて、生命をうばわれた人体が、血にまみれて地表にたたきつけられる。

「出て来い、ザッハーク！」

わきおこる血の霧。

「口ほどもなく、逃げ隠れるか！」

ザッハーク軍の隊列は乱れ、倒れた味方の死体を踏んで逃げ走る。

一方、ギーヴは弓矢と剣を使いわけて、屍体の山を築きあげていく。遠くの敵は矢で射殺し、近くの敵は剣で斬る。あるいは突く。どこまでも不敵なこの男は、お気に入りの四行詩を口ずさみながら、無人の野を赴くかのごとく戦野を駆けぬけていく。

弓弦に死の歌をうたわせながら、ギーヴはうそぶいた。

「矢は無敵の武器だが、費うと減るのが欠点だな」

ギーヴの放つ矢は、敵の咽喉に、顔面に、音をたてて吸いこまれ、彼のふるう細身の剣は、これまた敵の咽喉をつらぬき、手首を宙で回転させ、馬どうしがすれちがった瞬間に後頭部にたたきこまれる。

「ギーヴだ、弓の名人だ！」

「死の歌い手だぞ！」

ザッハーク軍の兵士たちは浮き足だった。

考えてみれば、ザッハーク軍の兵士たちが、生命をかけて闘う理由はないのである。かつてのレイラのように、ザッハークの血を飲まされた者は、ほとんどがすでに死に、蛇王を恐怖して妄従する者が多かった。

その間、アルスラーンは城門の前に馬を立てて待っていた。蛇王ザッハークが彼の前に躍り出るのを待っていたのである。ザッハークにしてみれば、アルスラーンを斃せば、パルス全土が自分のものになる。待っていれば、かならずザッハークはアルスラーンの前に姿をあらわすのだ。

アルスラーンの左にはエラム、右にはファランギースがひかえて、主君同様、ザッハークの出現を待ちかまえている。

エラムを見くびった敵は、たちまちその報いを受けた。剣が一閃すると、頸の血管をはねられた敵は、笛のような音をたてて血を噴きあげる。

ファランギースもまた弓の神技を発揮して、つぎからつぎへと敵を射殺していく。

「ギーヴは華麗に射殺し、ファランギースは優美に射殺する」

といわれたとおりだが、射殺される側にとっては差はないであろう。

彼らの超人的な働きによって、少数のアルスラーン軍は多数のザッハーク軍をやや押していた。しかしザッハークの本陣は動揺を見せない。アルスラーン軍も深追いはできず、とどめの一撃を加えることはできなかった。

「もう一千の兵がいて、ジムサかメルレインが生きていてくれたら……」

と、ファランギースは考えずにいられなかった。彼らが生きていたら、前夜から城外に埋伏させておき、時機を見て、一気に敵の側面か後背を衝かせることができるだろう。

「詮ないことじゃ」

つぶやいて弓をとったファランギースは、つぎの瞬間、アルスラーンに向かって大刀を振りかざした敵兵の咽喉に矢を突きたてていた。

ダリューンも、突進しては限界線でとどまって引き返すという行為をくり返し、口惜しさに歯ぎしりするしかなかった。

「出て来い、ザッハーク！」

ダリューンの声がひびきわたる。

「出て来なければ、末世まで、臆病者の名を伝えてくれようぞ！」

その声に応じて、敵の陣が、強風のわたるポプラ並木のようにざわめいた。ダリューンの五感に戦慄が走る。と、陣列が左右に割れて、豪刀を手に馬を躍らせ出た者こそ、ザッハークであった。

「きさまは、もうすこし後までとっておこうと思ったが」

ザッハークは自信の嘲笑を浮かべた。

「ちと目ざわりになってきた」

「目ざわりなのは、きさまのほうだ」

「口先では何とでもいえる。きさまが予と三十合以上わたりあえたら、人界最強の戦士と認めてやろうよ」

豪刀が初夏の陽を受けてかがやいたが、それは、みがきあげられた人骨の不吉さを持っていた。ダリューンは戟をもってそれを防いだが、音響とともに手がしびれ、そのしびれは肩まで伝わった。

豪語するだけのことはある。魔道にたよらずとも、ザッハークは、ダリューンがこれまでの人生で出あった最強の敵だった。刃は長く厚く重く、一度の斬撃で人体を粉砕するにたりる。その恐るべき武器を、絵筆のように軽々とあやつって、ダリューンに斬撃と刺突の嵐をあびせた。

ダリューンの左腕と右腿から血がしぶき、激痛が走る。それでも十合どころか、七、八十合以上もダリューンは、この人造人間と闘いつづけた。額を斬られ、血が顔面を染めても、なお彼は逃げ出さない。

「あきれたやつ」

ザッハークが罵(ののし)ったとき、ダリューンは奇怪なものを目にした。先日、キシュワードによって切断されたはずの二匹の蛇が、ザッハークの両肩から鎌首をもたげた。再生しつつあるのだ。

ダリューンは、出血でかえって重くなった身体を、信じられぬ速さで動かした。右肩の蛇が一撃で頭部を粉砕される。白い毒血がほとばしってダリューンの甲冑や顔にかかり、白煙をあげたが、黒衣の騎士はひるまなかった。

ついでダリューンの剣は、ザッハークの左肩に生えた蛇の大口を裂き、そのまま斬り進んだ。銀灰色の刃が斬り進むにつれて、蛇の身体は上下に割(さ)かれていき、ついに根元まで――ザッハークの肩まで、ふたつに裂けた。

ザッハークの逆上の咆哮が天地を揺るがす。彼は、剣をかまえなおしたダリューンに向けて豪刀を振りおろした。ダリューンはそれを受け、横へ受け流すと、全身に残された力で、ザッハークの右肩から突き出た蛇頭の口を突き刺し、つらぬきとおした。

ザッハークの豪刀がダリューンの長身をとらえる。白骨色の刃が胸甲を撃ちくだいてダリューンの胸をつらぬきとおし、ついに黒衣の勇者を地に撃ち倒した。

IV

「ダリューン！　ダリューン！」

アルスラーンの悲痛な叫びが、急速に近づいてくる。

「聴け、アルスラーン！　ダリューンは予が成敗してくれた。だが、ほめてつかわす。やつは、あまたいる人間どものなかで、もっとも強かったぞ。戦士のなかの戦士（マルダーンフ・マルダーン）の称号を返上する必要はないわ」

ザッハークの饒舌（じょうぜつ）を、アルスラーンは無視した。馬を駆け寄せ、とびおりると、倒れたダリューンの身体を抱きおこす。上半身だけをようやく起こしたとき、アルスラーンの甲冑も軍衣も手も、勇者の血で紅く染まっていた。

「おつかえできて幸せでございました」

死に瀕（ひん）しながら、いつものたのもしい微笑でそういうと、ダリューンは、アルスラーンの差しのべた手をにぎった。

その手が完全に冷たくなると、アルスラーンは蒼白な顔に、すさまじい決意の色を加えて立ちあがった。

このときすでに、ギーヴ、ファランギース、エラムは、主君と蛇王との間に立ちはだかって、剣を抜き放っていた。

「三人とも待て！」

ファランギース、ギーヴ、エラムは雷に撃たれたように動きをとめる。アルスラーンが宝剣ルクナバードを抜き放つのを見て、三人とも息をのんだ。アルスラーンは三人を見てうなずいてから歩みはじめた。

「なりません、陛下！」

ファランギースが叫ぶ。

「ご自分で宝剣を汚されるようなことがあってはなりません。わたしどもにおまかせくださいまし！」

ザッハークの嘲笑が爆発する。

「またも笑わせてくれるわ。そのボロ剣があったとて、アルスラーンめが予に勝てると思うか。予の身に刃をあてることができなんだら、それまでだわ」

「あててみせよう」

「忠臣のあとを追って死にたいと申すか」

ザッハークはあざ笑った。

「よろしい、望みをかなえてつかわそうぞ」

ダリューンの血が鋼の刃に付着している。ザッハークは厚い舌を出して、それをなめると、アルスラーンに向かってかまえた。

「汝をたたき斬った後、そこの三人も八つ裂きにしてくれよう。忠実な部下たちが、これ以上、死ぬのを見ずにすむという点では、汝の選択は正しいぞ」

「おしゃべりは聞きあきた」

静かにアルスラーンは応じた。

「ダリューンの仇を討つ。彼は私の兄、いや、それ以上の存在だった」

唇を噛むと、アルスラーンは宝剣ルクナバードをにぎりなおした。全身に力がみなぎるような気がする。ザッハークの巨体がみすぼらしくさえ見えた。

「さあ、いくぞ、ザッハーク！」

「そのボロ剣でか、よく笑わせてくれるわ」

「ボロ剣か。ほんとにそう思うなら、地震をおこしてみろ。なぜデマヴァント山は静まりかえっている？」

　ザッハークの顔がこわばった。

「ザッハークよ、ようやくわかった。お前をつくった魔道士たちは、お前の力があまりにも強大で、掣肘できなくなるのを恐れ、同時にルクナバードをつくったのだ。この宝剣が近くにあるかぎり、お前は魔力を使えぬ。さあ、私と闘え！」

　このとき、戦場は夕陽で赤銅色に染まり、人影はまばらになっていた。大半の兵士が戦死し、あるいは逃亡していたからである。

「長広舌だったな、孺子。だが、お前が正しいとしても、予はきさまより強いぞ」

「それを証明してみろ！」

　アルスラーンはルクナバードを振りかざした。宝剣は暁の流星のごとくきらめきわたって、ザッハークに猛撃を加えた。うなりを生じた刺突を、ザッハークは豪刀をもって、かろうじて受けとめた。火花と刃鳴り。ザッハークの額から汗が飛び散る。アルスラーンの、晴れわたった夜空の色の瞳は、いまや太陽の光に満たされているようだった。

「おのれが！」

　憤怒の形相もすさまじく、ザッハークは咆哮とともに豪刀を横にないだ。アルスラーンはルクナバードを逆手に持ってそれを受ける。火花と刃音は、閃光と雷鳴に変わったかのようだった。

エラム、ギーヴ、ファランギースの三人は、声もなく、苛烈無比の決闘を見守っていたが、三十合ほど渡りあったところで、「あっ」と叫んだ。アルスラーンとザッハークとの間に、鮮血の花が大きく開いたのだ。白と赤の大輪の花。ザッハークの豪刀がアルスラーンの右胸に深々と突き刺さり、宝剣ルクナバードはザッハークの脳天から腰にかけて存分に斬り裂いていた。

かっと目を見開いたまま、ザッハークは一歩、二歩とよろめき、とどろくような音をたてて倒れた。

アルスラーンも血まみれの身体を、かろうじて両ひざでささえた。ギーヴ、ファランギース、エラムの三人が、蒼白な顔で三方から主君をささえた。

「たしかに強かったよ、ザッハークは。ダリューンのつぎに」

アルスラーンは慄える手で剣を鞘にもどした。

「エラム」

「はい」

「ルクナバードを鞘から抜いてみてくれ」

エラムはとまどった。鞘におさめたばかりの剣を、またすぐに抜けとは、どういう命令であろう。

「ですが、この剣を抜けるのは陛下だけ……」

「抜くのだ！」

弱々しいが、きびしい口調で、アルスラーンが命じる。ルクナバードを抱いたまま、エラムは狼狽して、他のふたりを見やった。ファランギースは黙然とうなずき、ギーヴは、この男にしてこの声があるか、と思われるほど、きびしく告げた。

「勅命であるぞ、エラム卿！」

エラムはしかたなくルクナバードの柄をつかんだ。最初そっと抜こうとしたが、微動だにしない。徐々に力をこめ、ついに全力をふるったが、剣は抜けなかった。

「お恕しください。抜けませぬ」

「……そなたではなかったのか」

アルスラーンは苦しげに息と血を吐き出した。

「私のささやかな天命を受けついでくれるのは、そなただと思っていた。それなら、絶えることなく志はつづく。だが、ちがっていたとすれば、暗黒時代はまだつづくのだろう」

エラムは仰天した。

「陛下、私ごとき者が、陛下の天命を受けつぐなどと……」

「私に一部ながらできたことが、そなたにできないはずはない。だが、ああ、ちがったとすれば、エラムよ、そなたにルクナバードの守護役たるを命じる——いや、依頼する。ギーヴとファランギースの両名は、どうかエラムを護ってやってくれ」

これらの台詞を、アルスラーンは流暢にしゃべったわけではない。とぎれがちに、一語ずつ生命力を流し出すように語ったのだ。

「私の理想とした国は、あらゆる人々が血統や身分によって差別されない国だった。時間があれば、いくらかは実現できたかもしれない」

「実現なさったではありませんか！」

涙を流しながら、エラムが叫んだ。

「奴隷を解放なさり、おんみずから王位に即かれました」

「制度はつくった。だが、人々の心を完全に変えることはできなかった……ああ、だいじなことを忘れていた……私の屍は、ダリューンとおなじ墓に埋めてくれ。それから……ありがとう、みんな……」

「陛下！」

三人が同時に叫んだが、アルスラーンの瞼と唇は閉ざされて、ふたたび開くことはなかった。

パルス暦三二六年五月二日。パルス王国第十九代国王アルスラーン逝去。享年十九。在位はほぼ四年と八ヵ月であった。

アルスラーンとダリューンを葬るべく、エラム、ファランギース、ギーヴの三人はいそがしく働いた。

蛇王ザッハークの死体は白い粘液と化して、ぶくぶくと不潔な泡を噴いていた。ファランギースの指示で、粘液の上にたっぷり芸香(ヘンルーダ)の汁をかけ、それに大量の土をかけ、さらに芸香の汁をまく。愉しい作業ではなかったが、これは最低限度の処置であった。

「何百年かたったら、またよみがえるかもしれんな」

にがにがしげにギーヴがいうと、ファランギースが応じた。

「それは何百年か後の人々にまかせよう。わたしたちは、寿命のなかで、できることをやるだけじゃ」

たしかに、現在の人間にできないことは、未来の人々にゆだねるしかなかった。

カーセムが、おずおずと問いかけた。

「わ、私らは、これからどうすればよろしいんで？」

ファランギースが答える。

「わたしたち三人は、陛下生前の勅命により、シンドゥラへ赴く。そなたは好きにせよ」

「おともします、おともします！　置き去りにしないでくださいませ」

「なら、そうするがよい」

「ああ、よかった。でも、パルスは、エクバターナは、これからどうなるんで？」

ファランギースは頭を振った。国王なき現在、パルスは四分五裂して、町ごと村ごとに孤立し、それぞれ首長を立てることになるだろう。チュルクやルシタニアがそうであるように、たがいに抗争し、血を流しあうであろう。アルスラーンの予言どおり、暗黒時代がおとずれる。その期間を、なるべく短くしなくてはならなかった。

V

エラム、ファランギース、ギーヴ。

最後まで生きのこった三人の翼将が、海路シンドゥラ国に到着したのは、シンドゥラ暦三二七年、パルス暦三二六年、六月半ばのことである。国都ウライユールの城門をくぐったのは、六月十七日であった。

王宮に着くと、控えの間で待たされたが、長いことではなかった。国王ラジェンドラが駆けこんできたのである。

「アルスラーンが死んだ!? 真実か!」

ラジェンドラの声は動転していた。ファランギースが応じる。

「真実でございます。去る五月二日、逝去あそばしました」

「い、いったい、どうやって……予より十歳も若かったのに」

「蛇王ザッハークを誅殺なさり、おんみずからも」

ファランギースが事の次第を語ると、ラジェンドラもサリーマも身を乗り出すように聴きいった。

「そのようなことがあったのか」

聴き終えたラジェンドラは、大きく溜息をついた。

「それあることを予期して、アルスラーンどのは、過日、ジャスワントを派遣したのだな。ようやくわかった。それで、そなたら、これからどうするつもりだ?」

「ジャスワント卿は、ラジェンドラ陛下との間に、約定を結ばせていただきました。それをお守りいただければ幸甚でございます」

「ああ、そうか、ジャスワントとの約定があったな」

ラジェンドラはうなずき、首をひねり、顎をなでた。彼は三人のパルス騎士に、いったん賓客室での休息をすすめ、臣下たちにも一時退室を命じた。

王妃サリーマとふたりきりになると、ラジェンドラは玉座で姿勢をくずし、ぼんやりと玉座の間を見わたした。しばらくして声をかけたサリーマは、したたかであつかましいと称される夫の目が、濡れて光っているのを認めた。

「おれは、あいつが好きだったのかなあ……」

自分でも不思議そうに、ラジェンドラは妻に問いかけた。半ばは、自分に問うているのだ。サリーマはやさしく応じた。

「ご友人でいらしたのでしょう?」

「口先だけはな」

恥じいるようなラジェンドラの口調におどろいたとしても、サリーマは態度にはあらわさなかった。ただ、膝行してラジェンドラの手をとると、粛然として告げた。

「王者は信義を守ってこその王者。パルス人を迎え容れ、亡きジャスワントどのとの約定を守って然るべきと存じます。あとはまた、あとのことでございましょう」

「そ、そうだな。ジャスワントとの約定があった」

先刻とまったくおなじ台詞をくりかえして、うなずくと、ラジェンドラは手を拍って侍従や書記官たちを呼んだ。

三人のパルス騎士は、キシュワードの妻ナスリーンらが居住する芸香園（ヘンルーダ）を訪れ、アルスラーンと騎士たちの最期を告げた。

パルス人居留区は悲歎につつまれた。

トゥラーンを最初として、チュルク、ミスル、マルヤム、ルシタニア、パルスの六ヵ国が国王を喪（うしな）い、人災と天災の連続により、国の体（てい）をなさなくなった。大陸公路の中央から西にかけて、覇権の巨大な空白が生まれた。「大空位時代」とも呼び、「暗黒時代」ともいう。

ただ一国、シンドゥラのみが、正統の国王を玉座におき、統一と秩序をたもっている。

パルス人居留区は「パルスタン」と名づけられ、その内部においては、パルス人の自治が認められることになった。

パルスタンの代表は、キシュワードの未亡人ナスリーンが務（つと）め、ファランギースがそれを補佐した。ギーヴとエラムが軍事およびパルスの状況調査を担当する。カーセムが庶務一般を引き受け、いちおうパルスタンの運営は形がととのった。

「いつパルスに帰れるか」

というのが、五百人のパルス人にとって最大の関心事であり、願望であったが、ヨーファネスは船をしたててギランとの間を往復し、シンドゥラへの避難をのぞむパルス人をつれてきた。パルスタンの規模はしだいに大きくなる。家も建てねばならず、耕地も広げなくてはならなかった。

ギーヴは無口になり、度のすぎた女遊びもひかえるようになった。「もう飽きたよ」というのが本人の弁である。

翌年、シンドゥラ国王ラジェンドラ二世は、三万の軍勢をもよおし、チュルク国南部へ侵攻した。ギーヴとエラムは二百騎の部隊を組織して、その遠征に参加することを申し出た。シンドゥラ側に貸しをつくっておく必要があったからである。ラジェンドラは喜んで了承し、陣中ではエラムを側近く(そば)においてて、かつての「アルスラーンの半月形」についての話を熱心に聴いた。

遠征は大成功をおさめた。カルハナ王の死後、混乱をきわめていたチュルクは、谷ごと盆地ごとに守りをかためてシンドゥラ軍を防いだが、ギーヴは二十回におよぶ戦闘で、じつに十八人の敵将を射殺し、エラムは四人の敵将を斬って、ラジェンドラを大いに満足させた。

ラジェンドラは、ふたりにシンドゥラ国の将軍位をあたえようとしたが、ギーヴもエラムもそれを辞退し、必要あらばいつでも従軍するが、パルス国以外の位階(いかい)は受けない、と応じた。ラジェンドラはすこし機嫌をそこねたが、王妃サリーマに進言され、パルスタンに小さな学校と病院を建てる費用を下賜(かし)して、万事を丸くおさめた。

パルス暦三三〇年、エラムはアイーシャと結婚した。カーセムやヨーファネスが陽気に歌い踊って、若いふたりをことほぎ、パルスタンはささやかな喜びにつつまれた。

エラムとアイーシャとの間には、残念ながら子どもが生まれなかったが、ふたりはアイヤールをわが子と思って、ナスリーンをたすけ、アイヤールを育てた。

名将キシュワードの実子は、健(すこ)やかに成長していき、年ごとに背の高さと声の大きさを増していった。ギーヴが弓と剣を教え、ファランギースはさらに学問を教えて、アイヤールを皆で育てあげた。ただ、双刀術にかけては、教えられる者がおらず、双刀将軍(ターヒール)の神技は、後世に伝わりそうになかった。

女性たちのなかでは、故トゥースの三人の妻が、ファランギースの指導のもとで弓と剣の修業にはげみ、パルスタンの警備にあたった。パリザードはもっぱらパルスタンにおける一般生活をしきって、パルスの食文化や伝統を守った。彼女はこまかいの(オフルール)とおなじ小屋に住んでいたが、こまかいの(オフルール)は三二八年の冬に風邪をこじらせて死んだ。

「今夜は北風が強いね、こまかいの」

パリザードがいうと、こまかいのは、病床からささやくように応えた。

「トゥラーンの方向から吹いてくるのね」

それから小さな咳をすると、すっかり静かになった。何か不穏なものを感じて、パリザードが枕頭に駆けよると、こまかいのはすでに息がなかった。正確な年齢も本名もわからぬままだった。おそらく、十三、四歳であったろう。

パルス暦三三六年、ギーヴが死去した。シンドゥラ軍の東方遠征に従軍し、帰還してほどなくのことだった。あいかわらず神技の弓で幾人もの敵将を斃したが、東方密林地帯の湿熱はパルス人にあわず、毒虫が多く、多くのパルスタン兵が戦病死した。ギーヴも気候の犠牲になったのである。蚊に刺されて高熱を発し、それがくりかえされての末だった。死をさとったとき、ギーヴは病床からエラムに語りかけた。

「弓はアイヤールにゆずる。剣はお前に。琵琶はお前にあずけるから、これといった名人に出あったら、そいつにやってくれ」

「ファランギースどのには？」

エラムが問うと、ギーヴは、ひさしぶりに不敵な笑みをたたえ、だが声はささやくように答えた。

「おれの赤心（まごころ）」

享年三十八、とは彼自身の言で、真偽のほどはわからない。アルスラーンにつかえるまでの前身も不明のままであった。

こまかいの（オフルール）が死んだときも、ギーヴが死んだときも、ファランギースが葬儀をつかさどり、アイヤールは盛大に泣いた。

ギーヴとファランギースは結ばれたのだろうか、と、エラムは気になったが、ふたりとも沈黙していたので、これも不明のままに終わった。

ギーヴの死後ほどなく、ファランギースはナスリーンの補佐役をしりぞき、小さなミスラ神の寺院を建立して引きこもった。それでもしばしばナスリーンの諮問（しもん）には応じ、アイヤールには学問を教えていたが、パルス暦三四五年に病で亡くなった。享年四十八。

「おもしろい人生だった」

と、エラムに告げて。

エラムの人生は、すっかり寂しくなったが、同時に多忙になった。ナスリーンの補佐、パルスタン兵の指揮、アイヤールに武芸や用兵を教えること。

歳月がすぎ、アイヤールはたのもしい青年に成長した。すでにナスリーンは逝き、カーセムもヨーファネスもパリザードも、そしてアイーシャも死去していた。

「あなたには、ずいぶん叱られましたねえ」

「悪かったなあ」

「いえ、わたしが叱られるようなことばかりしていたから」

「………」

「アイヤールには、いいお嫁さんをたのみますよ」

その会話が最後となった。

チュルクの大半を征服し、東方にも領土を拡大して「大王」と呼ばれるようになったラジェンドラも、「賢妃(けんぴ)」と称されたサリーマも死去した。ラジェンドラの後継者には、「神前決闘(アディカラーニャ)」の必要もなく、第一王子バレーリイが即(つ)いた。

VI

パルス暦三七六年。

エラムはペシャワール城にいた。

シンドゥラの新王バレーリイ三世は、エラムにこう告げたのである。

「予の両親は、そなたらに好意的であった。予も同様と思ってくれてよい。ただ、パルスタンはあくまでもシンドゥラの土地であって、そなたらの母国ではない。予が偵察させたところ、パルスは群小の勢力が割拠し、統一にはほど遠いそうな。むしろそれを奇貨として、ペシャワールを奪回し、再統一の礎としてはどうか。力を貸すぞ」

体よく追い出されるような気もしたが、エラムには他に選択肢がなかった。そのころパルスタンの人口は二万近くになっていたから、精鋭一千名を選び、シンドゥラから一千を借り、カーヴェリー河を渡ってペシャワールにせまった。

当時、ペシャワールに拠っていたのは、ヤズドガルという領主で、強いといえば強いが、むやみに周辺の領主と抗争し、掠奪をくりかえし、領民には重税を課して、評判が悪かった。エラムとしては、彼からペシャワール城をうばうのに、良心の呵責は感じないですんだのである。

ヤズドガルは最初、パルスタン軍をあなどっていたが、戦術もなく一戦して、さんざんに敗北すると、あわてて兵をかき集めた。その数五千。ペシャワールの要塞にこもって出てこない、となると、エラムたちも攻めあぐねた。

城を望見する岩の上にすわって、エラムが攻略法を考えていると、パルスの伝統的な甲冑をまとった中年の武将が近づいてきて、彼に声をかけた。

年齢は五十歳ほどだが、白髪もなく、眼光は力強い。たくましい長身は皮下脂肪もなく引きしまり、動作はしなやかさと安定を兼ねそなえている。非凡な武将であることは、あきらかだった。

「エラム叔父上」

「おお、アイヤールか」

エラムのことを、アイヤールは叔父上と呼んでいた。ナスリーンがそう呼ばせたのである。

「御苦労だな、どうだ、状況は？」

「一進一退……あのていどの敵を対手に、まこと力不足を感じております。これが亡父であったなら……」

「卑下する必要はない。キシュワード卿は名将だったが、そなたはけっしてお父上に劣らぬと私は思っている」

それはエラムの本心だった。だが、そのアイヤールも「待ち人」ではなかった。アイヤールが十五歳になったとき、エラムは彼に宝剣ルクナバードを鞘から抜かせてみたが、抜くことはできなかったのだ。

「私は亡父の顔をおぼえておりませぬ」

「みごとなヒゲをしておられたぞ。そなたも生やしてみたらどうだ」

「さて、似あいますかどうか」

アイヤールは苦笑した。生まれたときからこの日まで、ずっと声が大きい。長い間、シンドゥラですごしたため、シンドゥラ兵を指揮するような状況でも、不自由はなかった。エラムはといえば、シンドゥラ語をしゃべれるようになったものの、頑として、公式の場ではパルス語で押しとおした。

「アイヤール、そなた、今年幾歳になる？」

「五十三でござる」

「そうか、私はもう六十八だ……おお、もう五十年になるのか」

エラムは深い溜息をついた。自分が老人になってしまったことを実感する。

「アルスラーン陛下、私はこの年齢になっても、ご命令をはたせませぬ。お恕しくださ い」

エラムの回想のなかで、アルスラーンはつねに若い。いわゆる十六翼将のなかにあって、アルスラーンより年少であったのはエラムだけであった。めずらしく機嫌の悪いときなど、アルスラーンはエラムにぼやいたものだ。

「高齢者たちは、どうも頑固でこまる」

じつのところ、十六人のうちではクバードが最年長で、アルスラーンより十七歳しか年上ではなかったのだが。アイヤールも、クバードやトゥースの没年をとうにこえた。ときおり、エラムはアイヤールにくどくど説教することがあった。

「くれぐれも、無理をするでないぞ。そなたに万一のことがあれば、パルス復興の夢は潰(つい)えてしまうからな」

アイヤールは笑って応じる。

「叔父上がおいでではございませんか」

「よせよせ、このような老(お)いぼれに、これ以上、何をさせる気だ。もう若い者の時代だぞ」

「私ももうそれほど若くはありませんよ。ロスタムが十五歳になりましたからな」

「お呼びですか」

若々しい声がして、アイヤールが十五歳のときとよく似た少年が姿を見せた。アイヤールが三十五歳のときに結婚して、三十八歳のときにもうけた男児である。エラムを「大叔父さま」と呼び、十六翼将の逸話(いつわ)を喜んで聴き、剣や弓を熱心に学んでいた。

少年を迎えようとして、エラムの脳裏に天啓(てんけい)がひらめいた。エラムは、つねひごろ傍(そば)においていた宝剣ルクナバードを取りあげ、少年に向かって差し出した。

「ロスタム、ルクナバードを抜いてみよ」

「大叔父さま、ですが……」

「抜くのだ！」

五十年前のアルスラーンにせまる体軀のロスタムは、温厚な大叔父の烈しい口調におどろきながらも、すなおにうなずいた。

ルクナバードの鞘を左手に持ち、右手に柄をつかんで、そろそろと抜こうとする。だが剣は、まるでみずからの意思で鞘から飛び出すかのように、いきおいよく鞘走って月光にきらめいた。

「おお、そなたであったか」

エラムの両眼が炯々とかがやいた。アイヤールとロスタムは当惑しきって彼を見つめた。

「アルスラーン陛下、ついに、あなたさまの御志をつぐ者を見つけました。キシュワード卿の孫でありました。これも天命かと存じあげます。ロスタムは剣もてパルスを再統一し、『望ましの王士』をきずきあげてくれることでございましょう」

エラムは少年の肩をつかんだ。

「今日より、その剣はそなたのもの。その剣をもってパルスを平定し、解放王の志をつぐがよい」

ロスタムもアイヤールも、茫然として、エラムを見つめ、転じてルクナバードを見つめた。ロスタムが大きく息を吸って吐き出す。

「大叔父さま、これはアルスラーン解放王の愛剣と聞かされてきました。私ごときが手にしてよいものではありません」

「よいのだ」

「でも……」

「剣がそなたを選んだのだ。案ずるな、そなたが万が一にも不義不正をおこなおうとすれば、剣のほうからそなたを見放す。ゆえに、心おきなく剣の持ち主となれ」

「ロスタム、聴いたか。大叔父さまのご期待に背くこと、この父が赦さぬぞ」

アイヤールもきびしく子をさとす。

「はい、今夜のうちに城を陥してごらんにいれます！」

元気そのものの声を出し、ルクナバードを高くかかげると、ロスタムは若々しい足どりで駆け去った。

「アイヤールよ」

「はい」

「私はアルスラーン王の最後の臣だった。そなたはロスタム王の最初の臣となるのだ」

「叔父上……」

「さあ、いけ。この老いぼれのことは、案ずるにおよばぬ」

エラムは目を閉じた。アイヤールは一瞬ためらったが、「叔父上」に一礼すると、息子のあとを追って走り出した。

エラムは、自身の子と孫を見るようなまなざしで、ふたりを見送った。この日この夜のために、むなしくも思える五十年を生きのびてきたのだとさとった。彼は月光の下を歩んで、大きい平らな岩の上に腰をすえた。

Ⅶ

満足と安堵のうちに、エラムは目を閉ざしている。これで終わった。アルスラーン王の最後の指示をなしとげ、宝剣守護者の任をすませた。人にとっては長い歳月。五十年。六十八歳という老人になって、ついになしとげたのだ。

もう死んでもよい。否、これ以上、生きながらえる意味はない。あとはアイヤールとロスタムにまかせよう。あのふたりなら心配いらぬ。

エラムは、ふいに目を見開いた。砂地を歩む馬蹄（ばてい）の音を聞いたような気がしたのだ。それはやわらかい音だったが、しだいに大きくなり、エラムに近づいてくる。

満月の下、エラムは立ちあがった。

城の方向から激しい剣戟の音や喊声が夜風に乗って流れてきたが、エラムの耳からは、だんだんと遠ざかっていく。

一歩、二歩、三歩……エラムが足を運ぶにしたがって、奇妙な現象があらわれた。しだいにエラムの外貌が変容していく。白い髪は黒くなりゆき、たるんだ皮膚は若々しく引きしまり、皺と髭が消える。時が逆行していくのは外見だけではなかった。その動作もしだいに迅速く敏捷になり、砂は重く踏まれるよりも、軽く蹴られるようになった。

その変容に、エラム自身は気づかない。

砂丘の頂上に登りついたエラムは、息もはずませず、北の方角を見すかした。大きな満月の光は、青白く四方を照らし、エラムをつつみこんだ。

何かがおころうとしている。何かがエラムの前にあらわれようとしていた。完全な静寂のなかで、エラムは自分の鼓動の高なりを聴いていた。

「まさか……」

つぶやいたとき、ついにそれは姿をあらわした。隊商の列ではない。二騎の、剽悍な武人の影であった。

風を切る音がして、エラムの足もとの砂地に矢が突き立った。

「陛下の御前をさえぎろうとする無礼者は何やつか⁉」

エラムは茫然と立ちすくむ。ただ矢だけではない。彼をとがめる声に聞きおぼえがあったのだ。遠い、旧(ふる)い記憶。永遠に忘れないであろう声のひとつである。

「何だ、エラムではないか」

「こんなところで何をしている？　姿が見えぬと思ったら」

ありえないことであった。最初の声はメルレイン、それにつづく声はイスファーンのものではないか。

立ちつくすエラムの前に、つぎつぎと騎馬の姿があらわれる。整然たる十数騎の隊列。

「陛下、エラムがおりましたぞ！」

イスファーンが叫んだ。

最前列の二騎は、左がイスファーン、右がメルレイン。二列めは左がギーヴで、右はなぜか空馬。三列めだけは三騎で、左にダリューン、右にナルサス、そして中央にアルスラーン。左肩に「告死天使(アズライール)」をとまらせたアルスラーン！

「おお……」

四列めは左にファランギース、右にアルフリード。五列めは左にジムサ、右にジャスワント。六列めは左にトゥース、右にパラフーダ。七列めは左にザラーヴァント、右にグラーゼ。最後尾は左のキシュワード、右にクバードの二大重鎮。

「こ、これはいったい……」

「何をうだうだ言っている。さっさと自分の馬に乗らんか」

ギーヴが、となりの馬の鞍をたたいた。

「おれのとなりだからといって、不満そうな表情をするな。おれとて、ファランギースどののとなりがいいわ」

「あたしだって、ナルサスのとなりがいいよ」

アルフリードがいうと、全員が哄笑した。青白い月光の下で、彼らは若々しく、活気と精気にあふれていた。

「おお、ですが私は年齢をとりました。老人でございます。皆さまの足を引っぱることになってしまいます」

ふたたび哄笑がおこり、クバードとダリューンが揶揄した。

「いちばん弱年の者が、自分を老人だとぬかすぞ」

「どこが老人だ。自分の手を見てみろ。皺の一本もあるというのか」

そういわれて、エラムは自分の手を見た。甲を見、掌を見る。それは皮膚のはりつめた、たるみのまったくない少年の手であった。掌で頰をなでてみる。これも引きしまった、若さにみちた少年の頬。

「ああ、これは……」

「納得したか、エラム」

即位当時の年齢としか見えないアルスラーンが、やさしく声をかける。

「陛下……」

「さあ、納得したら、ギーヴのとなりに乗ってくれ。そなたがいなくて寂しかったぞ」

「はいッ」

応じる声も少年のものとなっていることを、エラムは知った。若い鹿のように砂地を蹴って走ると、ギーヴのとなりの馬に飛び乗る。

「これでようやく全員そろいましたな」

「そうだ。では赴(ゆ)こうか」

ナルサスの声にアルスラーンが応じ、エラムは胸をはずませて問いかけた。

「何処(いずこ)へまいるのでしょう?」

アルスラーンはダリューンやナルサスと顔を見あわせて微笑すると、指をあげて満月をさししめした。

「空は無限だよ、エラム。空の下も、また無限だ」

「はい、どこまでもお随伴(とも)いたします」

「では出発」

アルスラーンがいうと、一行十七人は、砂地に馬蹄の跡を残しながら、満月の下を進んでいった。

「叔父上、陥(おと)しましたぞ！」

「大叔父さま、ペシャワールは我らのものです！」

競いあうような大声をひびかせて、アイヤールとロスタムが駆けてきた。アイヤールの片手には、生首がぶらさがっている。ヤズドガルの首であった。

「叔父上……はて、何処(いずこ)に行かれた？」

アイヤールの声が当惑し、目が四方を見まわす。岩の上にいたはずのエラムの姿が見あたらないのだ。

ロスタムは俊敏な少年らしく、目ざとく足跡を見つけ、それを追って走った。砂丘に突きたった矢が一本。足跡が途中で十いくつかの馬蹄の跡に変わっているのを発見する。それをさらに追っていったロスタムが、困惑したように立ちどまった。

「父上」

「どうした、ロスタム」

「エラム大叔父さまの足跡が消えております」

「なに、何をばかな」

アイヤールの声が動揺した。父子は手分けして一帯を探しまわったが、結局、ロスタムが発見した以上のことを知ることはできなかった。

アイヤールは砂をつかみ、それを指の間から落としながらつぶやいた。

「逝ってしまわれた……」

これで、アルスラーン王の為人や事績を直接、知る者は絶えたのである。アイヤールは、時代が変わったことを痛感した。そして、自分の息子がエラムから、アルスラーン王の後継者として指名されたことに畏れを抱かずにいられなかった。

「父上」

「うむ」

「私はエラム大叔父さまのお言葉どおりにいたします。父上は私を輔けてくれますか」

「……むろんだ」

父親と息子は、たがいに見つめあい、手をとりあった。ロスタムの脳裏には、いつかエラムから聴いた言葉がひびきわたっていた。

「アルスラーンとは、ひとりの王の名ではない。王としての在りかたをしめす言葉なのだ」

――完――

解放王頌歌(しょうか)

伝・ギーヴ作

鷹となりて飛び去りしか　わが君よ
河となりて流れ去りしか　わが君よ
御身を歎く声は野を掩(おお)いてやまず
御身を哀しむ涙は砂漠をも潤(うるお)せり
御身を喪(うし)ないて天は暗黒
御身を奪われて地は荒涼
エクバターナよ　栄華はいま何処(いずこ)
ひたすらに待つは　御身の帰れる日
カーヴェリー河の東に陽は昇り

ディジレ河の西に陽は落ちる
見ずや　パルスの木　パルスの草　パルスの花
ことごとく御身を喪ないて枯れはてたるを

おお　わが君よ　帰りたまえかし
御身の民の求めに応えたまえかし
惜しむべき佳(よ)きパルスの国を
など棄てたもうや　わが国王よ

「奴隷」でも「玩具」でもなく——「歴史作家」田中芳樹の壮大な試み

大木(おおき)　毅(たけし)
（現代史家）

「小説は歴史の奴隷ではないが、歴史もまた小説の玩具ではない」

二〇一五年に惜しまれながら世を去った小説家船戸与一が遺したことばである。けだし歴史と創作の緊張関係を剔抉(てっけつ)した名言といえよう。

その意味するところは明快だ。歴史小説というからには、歴史家たちが究明し、事実、あるいは、今のところは事実にもっとも近いだろうと考えられるとしたことどもの制約を受ける。史実が確定しているところで、想像を飛躍させることは許されない。

ごく単純な例を挙げれば、討ち死にした戦国時代の人物が、実は生きていたことにして、ストーリーを進めるためには、逆説的な話ではあるが、不明な部分が必要不可欠となる。討ち死にのありさまから、首実検のもよう、埋葬された場所まで一次史料で確認できるような人物を物語のなかで生かしてしまえば、それは小説側のご都合主義であり、歴史を小説の「玩具」とすることになろう。

こうしたことは細部に至るまでつきまとう。

小説の主人公（むろん、実在の人物）が、二人の客に会い、重大なことを聞かされたという事実があるとして、作劇上、その関係性を明確にするため、二人の客のうち、どちらか一方しか登場させないことは許されるか。

もちろん、鞠躬如として史実に従っていれば、矛盾は生じない。しかし、想像力を封じて、歴史学者が確定した事実をなぞるだけの作物は小説とはいえまい。

ゆえに、小説家は、歴史家が築いてくれた踏み切り板に乗り（それなくしては、歴史を玩具とする愚からは免れられまい）、歴史家が立ち止まるところで跳躍する。事実と想像を対置するのではなく、互いに補完させることによって、人間の営みを描き出すという小説の目的をより的確に達成するのだ。

そう考えれば、冒頭に引用した船戸の結論はまさしく、歴史を題材とする作品をものさんとする小説家が抱かざるをえない、かかる緊張感を示しているのである。

だが、小説のなかには、こうした問題に、まったく別の視点からのアプローチを試みたものがある。「架空歴史小説」と呼ばれるジャンルで、一から世界をつくりあげ、そこでの「歴史」を背景に、物語を創造する手法だ。『アルスラーン戦記』は、その嚆矢の一つであるとともに、代表的な作品といえる存在である。

もっとも、著者が築いた架空の異世界で起こる物語を綴る「異世界ファンタジー」という分野は、以前からあったし、トールキンの『指輪物語』やル＝グウィンの『ゲド戦記』など傑作も少なくない。日本でも、栗本薫の「グイン・サーガ」シリーズなど、多数の作品が出されている。

けれども、『アルスラーン戦記』には、「異世界ファンタジー」とは、あきらかに異なる特徴がある。それは、架空の歴史、架空の史実に依拠した「歴史小説」の手法で書かれていることだ。しかも、著者は『アルスラーン戦記』に着手する際、かかる方法論に自覚的であった。以下、第一巻の「あとがき、みたいなもの」より引用する（〔　〕内は解説者の補註。以下同様）。

「その本〔十二世紀にイギリスで書かれた『ブリテン列王記』〕によると、アーサー王はブリテン全島を統一した後、暴虐なローマ皇帝と全ヨーロッパの支配権をかけて対立し、連戦連勝、ついにローマを陥落させ、皇帝をたおし、全ヨーロッパの王者として自らローマ皇帝の冠をいただきます。〔中略〕むろんこれは歴史事実に反するお話ですが、作者のモンマスという人は堂々とこれを歴史書として発表したのでした。彼はこの架空の『歴史書』をつくりあげるのに、たいへんな努力と苦労をかさねあげたようです」

「私は右の話がたいそう気に入っています」

「とにかく私は、偉大なる先人モンマス氏の情熱の巨大さにはおよびもつかないながら、自分なりのスープをつくろうと思い、作業にとりかかりました」

また、別のインタビューで、著者は、「ぼくの場合、『銀英伝』〈『銀河英雄伝説』〉で、自分は架空歴史小説というものを書いていきたいんだ、とわかったんです」と語っている。そう言われれば、本来、伝説的な英雄の時代が終わり、普通の人々のこちたき歴史が開始されるという意味であろう『銀河英雄伝説』の結び、「伝説が終わり、歴史が始まる」も、つぎなる作品の宣言であったかと深読みしたくなるではないか。

ともあれ、著者は、ファンタジー作家ではなく、歴史作家として、『アルスラーン戦記』に取り組んだ。それは、すべてを作者の空想で設定できる架空歴史、史実をリサーチする必要がないがゆえの気楽な作業であったろうか。

むろん、そうではない。

逆に、本当の歴史という踏み台に頼ることができないがゆえの困難さがつきまとっていたはずだ。

比喩を用いるなら、通常の歴史小説の場合、歴史家の研究や史料によってつけられた道を進み、その先は、作者自らが啓（ひら）いていくことになる。ところが、架空歴史小説では、第一歩から、原生林を切り開くがごとき思いをしなければならぬ。

おそらく、著者は『アルスラーン戦記』を「つくりあげるのに、たいへんな努力と苦労をかさねあげた」ことであろう。ただし、著者自身が告白しているように、架空歴史をつむぐ素材として、ペルシアや十字軍の歴史が縦横無尽に利用されていることはいうまでもない。

かような著者の壮大な試みは、実に三十余年を経て、完成をみた。その成果は、この最終巻の刊行によって、文庫版でもたどることができる。読者は、「歴史の奴隷ではない」小説、「小説の玩具ではない」歴史を提供されたのである。

もちろん、だからといって、堅苦しく構えて『アルスラーン戦記』をひもとく必要など、まったくない。著者は、定評のある筆致で、血湧き肉躍る冒険譚をプレゼントしてくれている。主人公アルスラーンをはじめとする登場人物の魅力に酔うもよし。剛勇ダリューン、英知のナルサス、凛としたファランギース、憎めない俗物ラジェンドラ……。多彩なキャラクターたちは、ある種の人間類型を示しながら、紋切り型に陥らぬ存在感を有している。彼らの活躍を追っていくだけでも、巻を措くあたわざる勢いで、この大長編を読破することができるだろう。

さりながら、ただ一点、注目していただきたい事実がある。著者が、自ら創造した歴史に忠実であり、愚直なまでにそこから逸脱していないことだ。

読者がその姿勢を認識するとき、『アルスラーン戦記』からは、海音寺潮五郎や司馬遼太郎の歴史小説と同様の深みを感じ取れるはずである。

●二〇一七年十二月　カッパ・ノベルス刊

光文社文庫

天涯無限　アルスラーン戦記⑯

著者　田中芳樹

2020年8月20日　初版1刷発行

発行者　鈴木広和
印刷　萩原印刷
製本　ナショナル製本

発行所　株式会社　光文社
〒112-8011　東京都文京区音羽1-16-6
電話（03）5395-8149　編集部
8116　書籍販売部
8125　業務部

ISBN978-4-334-79056-1　Printed in Japan

組版　萩原印刷

光文社文庫 好評既刊

- 妖雲群行 田中芳樹
- 魔軍襲来 田中芳樹
- 暗黒神殿 田中芳樹
- 蛇王再臨 田中芳樹
- 天鳴地動 田中芳樹
- 戦旗不倒 田中芳樹
- 女王陛下のえんま帳 田中芳樹 垣野内成美 らいとすたっふ編
- ボルケイノ・ホテル 谷村志穂
- ショートショート・マルシェ 田丸雅智
- 花筐 檀一雄
- 優しい死神の飼い方 知念実希人
- 屋上のテロリスト 知念実希人
- 黒猫の小夜曲 知念実希人
- 娘に語る祖国 つかこうへい
- ifの迷宮 柄刀一
- 猫の時間 柄刀一
- 槐 月村了衛

- セイジ 辻内智貴
- にぎやかな落葉たち 辻真先
- サクラ咲く 辻村深月
- クローバーナイト 辻村深月
- アンチェルの蝶 遠田潤子
- 雪の鉄樹 遠田潤子
- オブリヴィオン 遠田潤子
- 木足の猿 戸南浩平
- さえこ照ラス 友井羊
- 野望銀行 新装版 豊田行二
- 逃げる 永井するみ
- 金メダルのケーキ 中島久枝
- ロンドン狂瀾（上・下） 中路啓太
- おふるなボクたち 中島たい子
- ぼくは落ち着きがない 長嶋有
- 悔いてのち 永瀬隼介
- 霧島から来た刑事 永瀬隼介